청춘유감

청춘유감

울면서 걷기,
넘어지며 자라기

青春有感

한소범 산문

문학동네

차례

|프롤로그|

"한소범씨는 소설의 소재가 필요해서 기자를 하려는 것 아닌가?"

"아닙니다. 저는 소설가가 되고 싶어서 기자를 하려는 것이 아닙니다. 저는 정말로 기자가 되고 싶습니다. 사람들의 가장 가까이에서 그들의 목소리를 듣고 그들의 일을 목격하고 싶습니다. 입이 없는 사람들의 입이 되어주고 싶습니다."

한국일보 최종 면접에서 왼쪽 가슴에 손을 얹고 외친 그 말에 일말의 거짓도 없었다고 할 순 없지만, 대개는 진심이었다. 나는 한국일보의 기자가 되고 싶었고, 나에게도 훌륭한 기자가 될 수 있는 자질이 조금쯤은 있다고 생각했다. 면접관들 앞에서 그렇게 말하자 정말로 십수 년간 이 일을 간절히 원해왔던 것 같은 기분도 들었다. 그 말을 당시의 면접관들이 얼마나 믿었는지는 모르지만 결과적으로 나는 한국일보 수습기자로 뽑혔다. 신문기자가 되겠다고 결심하고 준비한 지 정확히 육 개월 만이었다.

하지만 육 개월은 내가 내뱉은 말들에 책임을 다하고 이후에 벌어질 일들도 의연히 감내하기엔 충분하지 않은 준비 기간이었다. 나는 기자가 된 뒤 자주 주저앉아 울었고 그만두고 싶다고 자주 혼잣말했다. 세상은 너무 빠른 속도로 흘러갔고, 그 속도를 따라잡으려다보면 나 자신의 발에 걸려 넘어지기도 남을 자빠뜨리기도 하는 것이 이 일의 속성이라는 걸 미처 알지 못했다.

회사마다 조금씩 다르지만 한국일보를 비롯한 대개의 언론사는 육 개월의 수습 기간을 둔다. 그 기간 동안 수습기자들은 '사쓰마와리'라는 언론사 특유의 수습 교육을 받게 된다. 수습 교육의 다른 말이기도, 경찰서 출입 기자를 뜻하는 표현이기도 한 사쓰마와리察廻り는 언론계 은어가 그렇듯 일본어에서 비롯했다. 풀이하면 경찰서를 순회한다는 뜻으로, 이 기간 동안 수습기자들은 경찰서에서 숙식하며 선배 경찰기자들의 일을 배우게 된다.

지금은 주 52시간제 도입과 재택근무, 코로나 등으로 인해 많은 언론사들이 이전과 같은 방식의 사쓰와마리 교육을 택하지 않고 있지만, 당시까지만 해도 사쓰마와리 교육의 효과에 대한 믿음이 공고했었다. 나를 포함해 동기 일곱 명은 일주일에 닷새를 경찰서 한편의 기자실에서 먹고 자면서 새벽 다섯시부터 밤 열한시까지 거지꼴로 경찰서 주위를 배회하며 기자의 일에 대해 배웠다.

그 기간 동안 수습기자가 하는 일들은 대략 이렇다. 매일 새벽 담당 관할 경찰서 예닐곱 개의 형사 당직계를 방문해 간밤 무슨 일이 있었는지 확인해 선배에게 보고한다. 아침이 되면 그날의 집회 시위 일정을 확인하고 관할 내 지방법원의 주요 재판을 확인한다. 관할 내 주요 병원에서 변사자를, 수난 구조대에서 한강 자살 시도를, 소방방재청에서 화재 사건을 파악한다. 그렇게 파악한 사건 사고를 수시로 선배에게 보고해야 했고, 보고할 거리가 없으면 무자비하게 혼났다.

경찰서는 '사람들의 가장 가까이에서 그들의 일을 목격하고 그들의 말을 전해듣겠다'는 포부를 실천할 수 있는 곳이긴 했다. 경찰서에서는 내가 바깥세상에서 우연히도 스쳐지나가기 어려웠던 사람들을 매일 마주쳤다. 감기는 눈을 애써 치켜뜨며 경찰서 로비에 앉아 새벽을 지키고 있으면 얼굴이 일그러진 사람들이 찾아왔다. 폭행, 상해, 협박, 강도, 마약, 뺑소니, 성매매 사건에 휘말려 경찰에게 끌려온 사람들을 보며 나는 내가 면접에서 했던 말의 무게를 다시금 떠올렸다. 입이 없는 사람들의 입이 되어주겠다는 말, 내가 가진 작은 자질 같은 것을 그들을 위해 사용할 수만 있다면 남김없이 쓰겠다는 말. 그 말이 얼마나 허황되고 낭만적이었는지, 나는 피투성이가 되어 나를 쳐다보는 사람들을 보며 실감했다. 나는 저들의 삶에 대해 아무것도 몰랐고, 사연에 대해 궁금해할 용기를 쉬이 가지기도 어려웠다. 나는 그 새벽 나와 사람들 사이 놓인 철창을 보며 절감했다. 나는 정말로 저들에 대해 아무것도 모른다고.

사쓰마와리 이 주 차가 됐을 때였다. 그날도 어김없이 관내 사건 사고를 정리하다가, 강변북로에서 교통 사망 사고가 발생한 것을 알게 됐다. 그때 나는 죽음의 뒤꽁무니만을 쫓아다니는 좀비와 다름없었다. 사고 현장을 찾아가고, 경찰에게 사고의 경위를 물어보고, 사회 안전망 미비를 지적하는 기사의 주제를 생각하면서도, 나는 사실 아무것도 몰랐다. 선배에게 전화로 사고를 보고할 때 경찰서 로비 의자 옆자리에 앉아 있던 텅 빈 표정의 사람들이 고인의 가족이라는 것을 알지 못했다. 기사가 나가고 난 뒤 담당 경찰관으로부터 그들이 고인의 유족이었다는 것을 전해듣고 나자 이루 말할 수 없이 참담한 기분이 몰려들었다.

한때 소설을 쓰고 싶었던 이유는 그것만이 내가 다른 사람의 삶을 상상할 수 있는 유일한 방편이라고 생각했기 때문이었다. 그리고 순진한 생각일지언정, 그 세계에서만큼은 누구도 서로의 가해자나 피해자가 되지 않기를 바랐다. 우리가 서로의 삶을 훼손시키지 않고, 우리가 서로의 다정한 이웃이 되어주기만을 바랐다. 그러나 기자의 일은 결코 좋은 이웃이 되는 길과 닿지 않았다. 특히 사건기자의 일은 애도할 충분한 시간과 침묵할 예의를 포기해야만 지속 가능했다.

'교통사고 취약 지대'라는 한 줄짜리 팩트만을 남기기 위해 내가 기사에 담지 않았던 것 중엔 이런 이야기가 있다. 죽은 사람은 스물한 살의 학생이었고, 그날은 서울에 가서 뭔가를 해보겠다며 상경한 첫날이었다는 것. 기사에서 '중요한 대목'과 '그렇지 않은 대목'을 취사선택하는 과정에서 불가피하게 타인의 죽음을 훼손하게 되는 게 이 일의 속성이었다. 나는 내가 훼손한 삶과 죽음에 대해 부채감을 느꼈고 그래서 자주 도망치고 싶었다. '잘 알지도 못하면서'라고 눈을 부릅뜬 사람들이 나를 원망하는 악몽을 꿨다.

누구의 삶도 훼손하지 않고, 누구도 다치지 않고 세상을 더 나은 곳으로 만들 수는 없을까? 악몽이 거듭되던 어느 날, 그런 질문을 동기에게 건넸다. "그런 건 불가능해." 절레절레 고개를 저으며 동기가 답했다. 누구의 삶도 더 나은 세상을 위한 대의에 함부로 사용되지 않았으면 좋겠는데, 그게 어쩔 수 없는 일이라면, 적어도 내가 그 대의를 실천하는 사람은 아니었으면 좋겠다고 생각했다. 정의로운 일은 다른 이들이 하도록 맡겨두고, 나는 그저 내 이웃의 선한 이웃으로만 남는 편이 알맞을지도 몰라. 나는 내가 기자가 된 것이 정말이지 이상한 일이라고 생각했다.

경찰서 기자실 이층 침대에 누우면 나와 마찬가지로 이 침대를 썼던 선배들이 코 닿을 듯 낮은 천장에 적어둔 문구가 빼곡했다. 언젠가 이 시간도 끝나겠지? 내가 좋은 기자가 될 수 있을까? 머뭇거리고 중얼거리는 말들이었다. 나 역시 그걸 읽으며 종일 죽음의 뒤꽁무니를 쫓아다니는 이 시간이 언젠가 끝날 거라는 걸 끊임없이 상상해야만 했다. 세계가 가도 가도 암흑이고 걸어도 걸어도 진창인 건 다 그럴 만한 이유가 있을 거라고. 이곳이 도무지 납득 불가능한 불행으로만 가득찬 것은 아닐 거라고 믿어야 했다.

어쩌면 내가 너무 진지하거나 지나치게 감상적인 탓에 기자가 맞지 않는지도 모른다고 생각중인 이 무더운 여름도 다 잊게 되는 날이 올 거라고. 취재원에게 감정이입하지 말라던 선배의 질타가 까마득하게 여겨지는 날도 오긴 할 거라고. 다만 오늘의 밤은 도무지 끝나지가 않았고, 이 순간에도 태어나거나 죽어가거나 죽으려고 망설이고 있거나 부지불식간 튀어나오기 위해 잠복하고 있는 위험들을 떠올리면 너무 아득해져서 이 밤이 영원히 끝나지 않을 것만 같았다.

당연히 그 밤들은 다 지나갔다. 나는 더이상 경찰서 당직실 문 앞에서 서성거리지도, 경찰서 주차장에 주저앉아 바닥을 눈물로 적시지도 않는다. 그 무더운 여름 이후에 여섯 번의 여름이 더 지나갔다. 수습 딱지를 뗀 지도 한참이거니와 어느덧 팔 년 차라는 딱지가 붙은 시니어가 됐다. 그런데도 여전히 문득문득 그 여름으로 돌아간다. 시간은 이렇게나 멀리 나아왔는데, 불현듯 어느 순간마다 철창 바깥에서 어찌할 줄 모르고 우왕좌왕하는 겁쟁이가 되고 만다. 일의 어떤 속성은 유장한 시간과는 아무런 상관 없이 결코 익숙해지질 않아서, 나는 여전히 생각한다. 나는 정말 기자에 어울리지 않는다고, 나는 정말로, 아무것도 모른다고. 여전히 세계는 온통 슬프고, 나는 울면서 걷고 있다.
그래도 걷고 있다.

1부

사랑했고 떠나온 세계

누구도 기다리지 않고 아무도 기대하지 않는

2015년 4월 23일에 쓴 일기에는 이렇게 적혀 있다.

누구도 기다리지 않고 아무도 기대하지 않는 글을 매일매일 쓴다.

누군가 기다리는 글을 쓰면 좋겠다.

그때 내가 쓰고 있던 것은 「복의 기원」이라는 소설이었다. 감당할 수 없는 아이를 낳을지도 모른다는 두려움 끝에 스스로 그 두려움에 잡아먹힌 여성과, 그런 아내의 두려움을 눈치채지 못하고 끝내 홀로 남겨진 남편의 뒤늦은 후회에 관한 이야기였다. 원고지 92매 분량의 초고를 완성하기까지 꼬박 세 달이 걸렸다. 대부분은 신촌에 있는 24시간 카페에서 썼다. 대학을 졸업한 직후였고 취직하지 않은 채 종종 바이럴 광고에 들어갈 카피를 쓰는 아르바이트로 연명하며 지냈다. 돈을 버는 달도, 한 푼도 못 버는 달도 있었는데 한 푼도 못 버는 달이 대부분이었다.

그런 식으로 돈을 벌다보면 늘 어딘가에 쫓기는 것 같은 심정이 된다. 다음달의 내 생활을 예측할 수 없었기 때문이다. 그래서 돈을 아낄 수 있는 항목에서는 최대한 아끼는 버릇이 들었는데 그때 내가 돈을 줄이기로 선택한 항목은 차비였다. 해질 무렵 버스를 타고 신촌에 있는 카페에 가서 글을 쓰다보면 금방 자정이 넘었다. 분명 밤 열한시쯤만 해도 이 기세라면 밤새워 글을 쓸 수 있을 것 같았는데, 문제는 새벽 두시가 넘어가면 체력이 급격하게 떨어진다는 것이었다. 버스는 이미 끊긴 뒤였고, 그렇다고 택시를 탈 순 없었다. 커피값 사천이백원까지는 용납할 수 있었지만 택시 요금 육천원은 사실상 백수였던 나 자신에게 도저히 허락할 수 없었다. 몇 시간만 더 버틴다면 첫차를 탈 수도 있겠지만, 이미 한번 집에 가고 싶다는 생각이 들기 시작하면 그때부턴 그 생각에만 사로잡혀 다른 아무것도 손에 잡히지 않았다.

그렇게 매일 한 시간 반을 걸어 집으로 돌아왔다. 신촌에서 사직동 집까지 돌아오기 위해서는 금화터널과 사직터널 두 개를 지나야 했다. 차들은 새벽에 더 빨리 달렸고, 그럴수록 나는 내 느린 발걸음이 더 의식됐다. 탁한 매연으로 가득한 그 터널에서, 나를 제외한 모든 움직이는 물체들의 속도는 시속 40킬로미터였는데, 나만 혼자 시속 4킬로미터로 걷고 있었다.

새벽 두시, 두 개의 터널을 지나 집으로 걸어 돌아오는 동안 가장 많이 했던 생각은 '나는 도대체 왜 소설을 쓰고 있을까?'였다. 아무도 내게 소설을 쓰라고 한 적이 없는데, 아무도 내가 쓰는 소설을 기대하거나 기다리지 않는데, 왜 나는 매일 새벽 한 시간 반씩 홀로 걸으면서까지 소설을 쓰고 있는 것일까?

하지만 소설이야말로 바로 '아무도 쓰라고 한 적 없는데도' 쓸 수밖에 없어서 쓰게 되는 무엇이었다. 쓰여야만 하는데 어떤 글의 형태로도 충분하지 않을 때, 오로지 소설만이 가능한 방식처럼 느껴질 때 소설을 쓰게 된다. 그리고 나는 스무 살에 그것을 알았다.

그해 여름, 가까운 사람이 납득하기 어려운 이유로 세상을 떠났다. 이 죽음이 이대로 잊히는 것은 말도 안 된다고 생각했다. 하지만 이 죽음에 대해서 내가 쓸 수 있는 글은 고작해야 일기뿐이었다. 나는 더 많은 사람을 향해서 말하고 싶었다. 더 많은 사람들이 읽을 수 있게 쓰고 싶었다. 하지만 나는 저명한 교수도 대형 언론사의 기자도 아니었다. 나는 글쓰기와 관련된 아무런 힘도 갖고 있지 않았고, 아무도 내가 쓴 글을 읽지 않을 것이 분명했다.

그래서 소설을 썼다. 소설로 쓴다면 내가 어떤 사람인지와 상관없이 사람들이 읽을 것이라고 생각했다. 그렇게 쓴 소설이 교내 문학상을 받아 교지에 실리게 됐다. 학교 건물 곳곳에 비치된 신문을 보며 나는 앞으로도 내가 이걸 계속 원하게 될 거라는 걸 알았다. 쓰는 사람. 그리고 읽히는 사람.

물론 소설 역시 쓴다고 해서 무조건 사람들에게 읽히는 것은 아니었다. 초심자의 운이 다하고 난 뒤, 이후에 쓴 모든 소설은 전부 내 노트북 안에 처박혔다. 게다가 주변에 소설을 쓰는 사람도 없었고 내가 제대로 쓰고 있는지도 알 수 없었다. 그래서 무작정 찾아간 곳이 동국대학교 문예창작학과였다. 지금 생각하면 무모하고 또 민폐인 행동이지만, 그때는 어떤 절박함이 나를 부추겼다. 충무로역에 내려

108계단을 올라 남의 학교 남의 강의실을 물어물어 찾아간 뒤 강의실 가장 뒷자리에 자리를 잡고 앉았다.

곧이어 학생들이 삼삼오오 들어왔다. 전공생이 적은 과라서 학생들은 서로를 이미 잘 알고 있는 듯했다. 처음 보는 얼굴인데 신입생은 아닌 게 분명한 (그때 난 이미 학사 졸업장을 가진 스물다섯이었다) 나를 힐끔대는 게 느껴졌다. 이윽고 소설가이자 시인인 이장욱 선생님이 들어왔다. 첫 수업은 앞으로 수업을 어떻게 진행할지에 대한 간단한 오리엔테이션으로 이뤄졌다. 수업이 끝나고 선생님께 쭈뼛거리며 다가갔다. 저는 다른 대학의 국어국문학과를 학사 졸업했고, 소설을 쓰고 싶은데 어떻게 써야 할지 모르겠다고 말했다. "혹시 큰 민폐가 아니라면 수업을 청강해도 될까요?"

다시 생각해도 말도 안 되는 생떼였던 것이, 문예창작학과 수업은 단순히 교수의 강의로만 이뤄지는 것이 아니라 수강생이 소설을 써오면 그 작품을 합평하는 방식으로 이뤄졌다. 즉 그 수업을 청강하기 위해서는 수업을 듣는 다른 학생들이 내 청강에 동의해야만 한다는 뜻이다. 너그러운 동국대 문예창작학과 학생들과 선생님은 나이 많고 철없는 청강생을 흔쾌히 수업에 받아들여주었다. 그렇게 생애 처음으로 다른 사람들과 함께 읽고 쓰는 '합평'을 해볼 수 있었다. 이런 대목은 이렇게 수정하면 더 나아질 것 같다는 구체적인 피드백을 받는 것이 글쓰는 데 얼마나 중요한지 처음 배웠다.

마지막 수업이 끝나고 선생님께 저서에 사인을 부탁했더니, 이렇게 말씀하셨다. "사인은 다시 안 볼 사이에나 하는 것이죠. 소설을 계속 쓰실 거 아닌가요? 그렇다면 앞으로도 계속 보게 될 테니 사인은 필요하지 않겠네요."

대단한 응원도 아니었지만 '너는 계속 쓸 것'이라는 말이 그때의 내게는 그 어떤 말보다 큰 힘이 됐다. '나는 그런데 도대체 왜 소설을 쓰고 있지?'라는 의문을 떨쳐내기 힘들 때, 다른 이가 나에게 계속 쓸 것이라 말해주자 정말로 써야만 하는 이유가 내 안에서 생기는 것 같았다. 나 계속 써도 되는구나.

이후로도 한동안 소설을 썼다. 그러다 기자가 됐다. 기자가 된 후에도 소설에 대한 열망은 가시지 않았다. 기사를 아무리 써도 여전히 제대로 말하고 읽혔다는 느낌이 들지 않았기 때문이다. 여섯시쯤 그날의 기사를 마감하고 나면 저녁을 먹고 24시간 카페로 가서 노트북을 붙잡고 끙끙대다 자정이 다 되어 돌아왔다.

그러다 점점 소설을 쓰지 않게 됐다. 육체적으로 지쳤던 것도 있겠지만, 무엇보다 더이상 쓰고 싶은 것이 없었다. 어쩌면 좋은 일일지도 몰랐다. 기사로도 충분히 하고 싶은 말을 다 하고 있다는 뜻이기도 할 테니까. 나는 읽히고 싶어 발버둥치던 스무 살이 더이상 아니니까.

그럼에도 누구도 쓰라고 한 적 없고 아무도 기다리지 않는데 오로지 써야 한다는 나 혼자만의 책임감을 묵묵히 견디며 썼던 그 시간이 없었다면 나는 아마 지금에도 이르지 못했을 것이다. 그 새벽, 한 시간 반씩 집으로 걸어오며 '나는 왜 쓰는가'라고 끝없이 묻고 또 물었던 시간이 없었다면. 그러니 지금 어딘가에서 그런 터널을 지나오고 있는 누군가가 있다면 이장욱 선생님이 그때 내게 줬던 말을 주고 싶다.

계속 쓴다면, 우리는 언젠가는 만나게 될 것입니다.

아이디를 잃어버려도

태어나 최초로 나만의 '아이디'를 가져본 것은 아홉 살 때였다. 다른 동네로 전학 간 친구에게 편지를 보내고 싶어서 만든 한메일 계정이었는데, 영타로 해놓고 한소범이라는 이름을 쳐서 만든 'gksthqja@hanmail.net'이었다. 영타로 한글을 쳐서 만든 아이디의 문제점은 키보드가 없으면 정작 내 아이디가 무엇인지 떠올리기 힘들다는 것이었다. '이메일 주소가 뭐야?'라는 질문에 곧장 대답하지 못하는 일을 몇 번 겪은 후로 이 'gksthqja'는 금방 폐기됐다.

이후 버디버디, msn, 네이트온, 카카오톡 등 다양한 메신저와 페이스북, 트위터 등의 SNS를 거치며 내 아이디도 숱

한 변천사를 겪었다. 그러는 동안 잃어버리는 아이디와 비밀번호도 많았다. 게다가 웹 사이트들은 툭하면 비밀번호 업데이트를 권했고 어떤 곳은 열 자리 이상을, 어떤 곳은 특수문자와 영어 대문자를 섞을 것을 요구했다. 이 요구가 가입자에게 엄청난 혼란을 불러온다는 걸 알긴 아는지 웹 사이트들 역시 아이디와 비밀번호를 잃어버리는 경우를 대비해놓긴 했다. 그중 대표적인 게 바로 '질문에 답하기'였다.

지금은 지문이나 안면 인식 같은 신체 정보 확인 기술이 발달하면서 잘 쓰이지 않는 것 같지만, 예전만 해도 비밀번호를 찾기 위해선 또다른 수수께끼를 풀어야 했다. 가입 단계에서 다른 사람은 알 수 없는, 나만 답할 수 있는 질문에 대답을 적어두고 훗날 이를 알아맞히는 것이었는데, 문제는 질문들이 '나의 보물 1호는?' '나의 취미는?'처럼 시간에 따라 얼마든지 변할 수 있는 종류라는 것이었다. 이렇다 보니 정작 질문을 설정한 당사자들 역시 답을 떠올리지 못하는 경우가 빈번했고, 많은 사람이 자신이 낸 수수께끼의 답을 기억하지 못해 결국엔 아이디와 비밀번호를 영영 잃어버리는 비극을 겪어야 했다.

하지만 적어도 나는 이 수수께끼를 나의 정체를 증명하기 위한 수단으로 유용하게 썼다. '나의 보물 1호는?'이라는 질문에 대한 답이 늘 하나였기 때문이다. 바로 '일기'다.

처음부터 일기가 나의 보물 1호였던 것은 아니다. 시작은 평범하게, 초등학교에 입학하며 받은 열 줄짜리 일기장에 오늘의 날씨와 오늘의 착한 일, 오늘의 반성, 내일의 계획을 적는 것에서부터였다. 오늘은 비가 왔고, 오늘은 수박을 먹었고, 오늘은 친구에게 자리를 양보했고, 내일은 할머니 집에 갈 것이다. 물론 이때의 일기는 선생님에게 검사받을 것을 전제로 한다는 점에서 어느 정도의 과장과 미화가 섞여 있을 수밖에 없었다. 완벽하게 솔직하진 않았지만, 대단하지 않은 일상도 기록물로서의 가치가 있다는 것을 처음 깨달았다.

중학교에 들어가며 일기장은 학교 앞 문방구에서 대충 산 얇은 노트 대신 시내의 대형 모닝글로리 매장에서 산 손바닥 크기의 두툼한 다이어리로 바뀌었다. 더이상 선생님에게 '검사'를 받지 않아도 되면서 일기는 드디어 일기의 역할을 했다. 누구에게도 말하지 않은 비밀들의 무덤이 바로 다이어리였다. 때로는 무척 우울하고 때로는 아주 허무맹랑한 생각들이 그곳에 묻혔다. 만일 일기가 아니었다면 애초에 태어나지도 않았을 생각들이었다. 일기 덕분에 감정과 생각들을 글로 구체화하는 방법을 훈련할 수 있었다.

돌이켜 생각해보면 글쓰는 것을 직업으로 삼겠다고 결심하게 된 계기 역시 일기에 있었다. 상황과 감정을 가장 정확하게 표현할 수 있는 가장 적확한 단어를 찾는 이 일에 나는 몰두했다. 고등학생 때는 입시 공부를 하느라 이전만큼 열심히 쓰진 못했지만 『수학의 정석』을 풀다가, 영어 지문을 읽다가 문득문득 찾아오는 공허감을 견딜 수 있게 해준 것도 일기였다. 고등학교 삼 년간 두툼한 대학 노트 세 권을 채웠다.

스무 살이 되면서부터 일기는 두 개의 큰 변화를 맞이했다. 첫번째는 수기를 벗어나 노트 앱인 '에버노트'에 컴퓨터로 일기를 쓰기 시작했다는 것이고, 두번째는 그 일기에 '타인'들의 흔적이 남기 시작했다는 점이다. 대학에 가자 다른 성별의, 다른 지역에서 온, 다른 연령대의 온갖 사람들이 내 인생에 나타났다 사라졌다. 그중에서도 특히 불쑥 나타나 나를 뒤흔들고, 나를 황홀하게 만들고, 나를 슬프게 만드는 이들이 있었다. 그렇게 몇 번의 연애를 겪으며 나는 어떤 순간이 사랑에 빠지는 찰나인지 알아챌 수 있게 되었다. 그리고 나중이 되면 그 순간을 수백수천 번씩 반복해 떠올리고 싶어질 것이라는 것도 알았다. 심지어는 이별의 순간마저도 훗날엔 전부 뭉뚱그린 형태의 그리움이 될 거라는 걸 일찌감치 깨달은 뒤부터, 일기 쓰기는 잠시 내게 머물렀다 떠날 감정들을 붙잡아두기 위한 안간힘의 다른 모습이 됐다. 연인들은 언젠가 나를 떠나겠지만, 연인에 대한 기록이 내게 남아 있는 한 사랑의 순간들은 영영 내게 속한 것이었다. 그 기약이 이루 말할 수 없이 좋아서 순간들을 기록으로 만들기 위해 애썼다. 주고받은 카카오톡 메시지들은 그대로 긁어서 에버노트로 옮겼고, 전화로 속삭인 말들은 전화를 끊자마자 잊어버리기 전에 메모했다.

에버노트에 일기를 쓸 때의 좋은 점은 모든 내용을 연도별, 키워드별, 인물별, 사건별로 '검색'할 수 있다는 것이다. 말하자면, 나는 국립중앙도서관 부럽지 않은, 한소범이라는 한 인간에 대한 거대한 검색 아카이브를 가질 수 있게 된 것이다. 지금 이 글을 쓰기 위해서도 나는 에버노트에 '일기'라는 키워드로 검색해 내가 일기에 대해 가졌던 생각들을 모조리 찾아내는 작업부터 했다. 그렇게 찾아낸 것들은 다음과 같다.

내 글은 내 일기장에서 가장 예쁘고 기사에서 제일 부끄럽다.(2021년 10월 28일)

그러면 나는 내 일기에서만 불행해도 된다.(2020년 6월

15일)

올해는 일기를 많이 쓰지 못했다.(2019년 12월 30일)

감정 한 톨이라도 흘릴까 열심히 일기를 썼는데, 다시 읽어보면 그것들이 모두 정말 내 것이었을까 싶을 정도로 낯설다.(2017년 5월 20일)

그렇게 에버노트에 일기를 쓰다가 해가 바뀌면 이전 해의 일기들은 워드 파일로 만들었다. 파일의 이름은 일기가 쓰인 연도로 해두고 네이버 클라우드와 구글 드라이브, USB와 외장하드 등 백업해둘 수 있는 모든 곳에 백업했다. 2010 파일을 시작으로 2011, 2012, ……2022까지, 파일의 개수가 늘수록 마치 기억의 부자가 된 것 같은 든든함도 늘었다. 내가 통과해온 수많은 감정들과 순간들을, 나는 기억하지 못해도 일기는 기억하고 있을 테니까.

물론 그만큼 두려움도 함께 커졌다. 말하자면, 나는 일기에 기억을 위탁하고 있는 셈이었다. 이 일기를 잃어버리면 기억도 통째로 잃어버리게 될 것이고, 기억을 잃어버리면 삶을 잃어버리는 것이나 마찬가지였다. 웹 사이트들이 저마다 다른 보안 질문을 요구하는 것처럼 삶도 내게 갖가지 정체성을 요구하고, 때때로 업데이트까지 바란다.

그런데 기억은 영 믿을 만한 것이 못 되어서 나는 '진짜 나'를 증명해줄 수 있는 것이 무엇인지 몰라 헤맨다. 그때마다 나는 내게 보물 1호가 있음을 떠올린다. 오로지 현재밖에 살지 못하는 나 자신보다도 더 값진 것. 그래서 보물 1호일 수밖에 없는 것. 그건 내 모든 과거의 기억까지 다 품고 있는 내 일기다.

최근 들어 가장 오래 사용하고 있는 아이디/계정은 beom@hankookilbo.com이다. 하지만 이 역시 나라는 사람에게 잠깐 머물다 갈 무수한 정체성 중 하나일 것이다. @ 뒤에 붙은 소속을 떠나게 되면 자연스레 폐기될 아이디다. 하지만 아무리 많은 아이디를 잃어버리고 폐기해도 내게는 변하지 않을 하나의 질문과 답변, 보물 1호가 있다. 그 누구도 속속들이 알지 못하는, 오로지 나만 접근할 수 있는, 한소범이라는 거대한 아카이브, 일기. 그게 존재하는 한 나는 나를 절대 잃어버리지 않을 수 있다.

『씨네21』과 만이천원의 장학금

학교 도서관에서 『씨네21』을 읽는 건 어차피 나뿐이었다. 지방 중소 도시 여자고등학교의 전체 재학생은 천 명 남짓이었는데, 그중 도서관을 아지트로 삼을 만큼 따분한 사람은 10퍼센트 남짓이었을 테고, 그중에서도 해외 예술 영화 소식과 감독 인터뷰가 실린 잡지를 꼬박꼬박 챙겨 읽는 사람은, 추측건대 나뿐이었을 것이다.

내가 졸업한 고등학교는 광주의 기독교계 여학교였다. 반마다 반장과 별개로 종교 반장이 있었고 이 친구들이 매주 한 시간씩 있는 교실 예배를 이끌었다. 매주 수요일 1교시에는 전교생이 강당에 모여 목사님이 주재하는 예배에

참석해야 했는데, 공부에 별 뜻이 없는 친구들은 수업보단 차라리 낫다며 좋아했고 우등생 친구들은 성경책 아래 영어 단어장을 두고 외웠다. 어차피 '뺑뺑이'를 돌린 끝에 진학한 학교라 전교생의 절반 정도는 믿음이 있었고, 나머지 절반 정도는 믿음이 없었다.

느슨한 믿음의 공동체를 이루는, 명문도 그렇다고 구제불능도 아닌 고만고만한 학업성적의 학교에서, 나는 이도 저도 아닌 학생이었다. 딱히 대단한 우등생도 아니었고, 그렇다고 선생님들이 예의주시하는 불량 학생도 아니었다. 그렇다고 믿음이 신실하지도 않았다. 수업시간에 대놓고 딴짓을 하지는 않았지만 종종 딴생각에 빠져들었고, 방과 후 활동으로 택한 독서 동아리에서 정말로 책을 읽는 그런 아이였다.

그 당시 독서 동아리는 영화 감상 동아리와 더불어 대표적으로 '동아리 활동을 하지 않는' 동아리였다. 동아리 시간에 대놓고 딴짓—공부—을 해도 상관없었기 때문에 한 시간이라도 공부할 시간을 더 확보해야 하는 우등생들이나 대놓고 부족한 잠을 보충하고 싶은 자유분방한 친구들이 택하는 동아리였다. 그리고 나는 그 두 동아리에서 정말로 열심히 책을 읽었다. 그 시간에 내가 가장 공들여 읽은 것이 바로 『씨네21』이었다.

사실 학교 도서관에서 『씨네21』을 정기 구독하는 것은 좀 이치에 안 맞았다. 딱히 학생들의 입시에 도움이 되는 (예를 들면 『과학동아』 같은) 내용도 아닌데다 주간지이기에 매주 사서 선생님의 일만 늘리는 번거롭기 짝이 없는 잡지였다. 무엇보다 잡지의 독자가 오로지 한 명뿐이라는 게 가장 비효율적이었다. 어느 날 문득 그 사실이 민망하게 느껴졌고, 쭈뼛대며 사서 선생님께 다가가 이렇게 말했다.

"학교에서 『씨네21』을 정기 구독해줘서 감사해요. 어차피 저밖에 안 읽는데……"

"어, 그거 학교에서 구독하는 거 아닌데. 2학년 담임 중에 P 선생님 있지? 그분이 본인 사비로 정기 구독해서 학교에 기증하시는 거야."

당시 1학년이었던 나는 P 선생님과는 개인적인 친분이 (당연히) 없었고, 다만 그 선생님이 서울대학교 지리학과를 졸업했다는 사실만 알고 있었다(서울대를 졸업하고 지방 학교로 오는 선생님은 많지 않았기에 그때는 그런 타이틀이 화제였다). 게다가 나는 모든 과목 중에서 지리를 정말 지지리도 못했다. 서울대 지리학과를 졸업한 인기 많은 젊은 여자 선생님과 내가 친해질 일은 요원했다. 『씨네21』이 아니었다면.

그래서 P 선생님께 편지를 썼다. 그 잡지 하나가 얼마나 내 숨통을 틔워주는지에 관해 썼다. 이곳에서 나는 아무런 의미 없는 존재인 것 같은데, 이 잡지 하나가 내가 이 학교에 매일 나오도록 하는 이유가 되어준다고. 그때, 선생님이 매달 잡지 구독료로 지불했을 만이천원이 나에게는 장학금이나 다름없이 느껴진다고 썼다.

편지를 몰래 교무실 자리에 두고 온 지 얼마 지나지 않아 선생님이 나를 불렀다.

"한 명의 학생이라도 그걸 읽는다면 그건 이미 만이천원 이상의 값어치를 한 거야. 어차피 소범이 네가 그걸 제일 열심히 읽으니까 앞으론 선생님 우편함으로 오는 잡지, 소범이가 가장 먼저 읽고 도서관에 가져다주면 되겠네."

그건 처음 겪어보는 '특별 취급'이었다. 선생님과 나만 공유하는 '약속'이 생긴 것이다. 인정받고 유일해지고 싶은 욕구는 있지만 그걸 어떤 것으로 증명해야 할지 몰랐던 학생에게 선생님이 구독하는 잡지를 이 학교에서 가장 먼저 읽고 그걸 도서관의 다른 학생들에게 넘겨줄 수 있는 권한이 생긴 것이다. 다른 어떤 것도 아니라, 그저 책을 열심히 읽었다는 것만으로도 내게 그런 권한이 주어진 것이다. 그 권한에는 당연히 책임이 뒤따랐지만 나는 기꺼이 감당할 준비가 되어 있었다.

무언가를 증명하기 위해 책을 읽을 필요는 없다. 오히려 인정 욕구로 지속되는 독서는 더욱 공허함만 남길지도 모른다. 그런데도 '책을 열심히 읽는 학생'이라는 선생님의 인정과 보상이 열일곱 살 나에게는 그 무엇보다 강력한 동력원이 되어주었다. 고3이 되어 본격적으로 입시 준비에 돌입하기 전까지 나는 그 도서관에서 맹렬하게 『씨네21』을 읽었다. 그 덕에 어려운 비평 용어를 체득했고, 예술을 직업으로 삼은 사람들에 대한 구체적인 그림을 그릴 수 있었다.

대학교에 진학해 영화 '감상' 동아리가 아니라 영화 '제작' 동아리에 들어가고 난 뒤에는 영화 잡지가 『씨네21』만 있는 게 아니라는 것도 알게 되었고(『키노』나 『스크린』은 폐간된 후였지만 『무비위크』는 여전히 나오고 있을 때였다), 영화 잡지가 아니더라도 무한한 읽을 것들의 목록을 받아든 탓에 그 시절만큼 『씨네21』을 챙겨 읽진 못했다. 하지만 고등학교 삼 년 내내 읽었던 『씨네21』은 무엇보다 충만한 독서 경험으로 남았다. 이후에 펼쳐진 삶의 많은 변화들이 그 잡지에 빚지고 있기 때문이다.

시간이 아주 많이 흘러 이제 나는 당시의 P 선생님보다 더 나이가 많아졌다. 지금도 어딘가의 학교 도서관 구석에서 눈에 띄지 않게 독서를 하고 있을, 그 시절의 나와 비슷하게 움츠러든 어깨를 하고 있을 소년 소녀들을 떠올려본다. 청소년이 학생과 동의어인 나라에서, 학생의 본분은 공부인 나라에서, 공부는 곧 입시인 나라에서, 외로운 독서를 하고 있을 아이들의 분투를 떠올린다. 취미란에 '독서'를 쓰는 일이 더는 칭찬받을 일이 아니고 그저 따분한 사람이라는 자기 고백이 될 뿐인 때에도 꿋꿋하게 그곳에 독서라고 적는 아이들을 떠올린다.

그리고 조용히 그 아이들의 뒤에 다가가 어깨를 두드려주고 싶다. 지금 읽고 있는 그 책의 한 문장이 나중에 네 미래를 어떻게 바꾸게 될지 귀띔해주고 싶다. 이후의 내가 겪은 많은 일들에 대해 알려주고, 그런 미래가 네게도 얼마든지 펼쳐지게 될 것이라고 말해주고 싶다. 만이천원 장학금의 엄청난 힘을 아는 사람으로서.

착취되지도 오용되지도 않는 열정

이런 곳에 스튜디오가 있다고? 아무래도 수상했다. 물론 그전에 스튜디오라 할 만한 곳을 가본 건 아니었지만, 그래도 왠지 스튜디오는 홍대나 신사 같은 곳에 있을 것이라 막연히 생각해왔다. 4호선 성신여대입구역에 내린 뒤 주택가 골목길을 한참 들어간 곳에 스튜디오가 있을 것이라고는 미처 생각해본 적 없었다. 그만큼 나는 앞으로 내가 하게 될 일에 대해 제대로 아는 게 아무것도 없었다.

스튜디오는 작은 건물 지하에 있었다. 지하실 입구에는 대여섯 켤레의 신발이 어지럽게 널려 있었는데, 고작 대여섯 켤레만으로도 빼곡해질 정도로 좁았다. 문을 열고 들어

가자 작은 소파에 사람들이 둘러앉아 있었다. 그리고 그들을 보자마자 나는 알 수 있었다. 아, 같은 종족이다.

책 좋아하는 사람들에게는 어떤 기운이 있다. 와인이나 주식이나 골프가 아니라, 세상에 유익하고 재미있는 다른 많은 것들 중에 굳이 책을 인생의 취미로 삼았다는 것은 효율적이고 합리적인 것보다는 마음이 끌리는 것을 선택할 가능성이 높다는 뜻이다. 오로지 좋아한다는 이유만으로 아무런 이익이 없는데도 어떤 일들을 지속하는 사람들일 가능성도 높았다. 딱 봐도, 그런 사람들이었다. 팟캐스트 〈책 읽는 라디오〉 스튜디오에 모여 있던 사람들은.

〈책 읽는 라디오〉는 2009년 12월 최동민 피디가 좋아하는 책을 소개하는 방송을 하고 싶다는 생각에 사람들을 모아 2010년 첫 방송을 송출한 1세대 책 팟캐스트다. 지금은 유명 요가 유튜버가 된 한지훈 디제이가 삼십 분씩 주 5회 진행했고 매번 다른 패널들이 코너를 꾸렸다. 지금이야 팟캐스트 방송도 워낙 다양해졌고 그만큼 책 관련 팟캐스트도 많아졌지만, 그때만 해도 〈책 읽는 라디오〉는 얼마 되지 않던 책 팟캐스트에서도 제법 인기와 완성도를 갖춘 방송 중 하나였다. 한때 〈이동진의 빨간책방〉이나 〈김영하의 책 읽는 시간〉 같은 유명 작가가 진행하는 방송의 순위를 앞지르기도 했다. 고정 청취자도 수천 명이나 됐고 정기적으로 공개 방송도 했다.

하지만 〈책 읽는 라디오〉는 엄밀히 말해 '그저 책을 좋아한다는 이유'로 시작돼 '재능 기부'로 지속되던 방송이기도 했다. 출판사 팟캐스트처럼 자사 책에 대한 광고효과를 노리는 방송도 아니었고, 기업의 후원을 받는 것도 아니었다. 녹음 장비는 제작진이 아르바이트를 통해 구입했고 초기에는 카페 사장님께 허락을 얻어 새벽 시간에 녹음을 했다. 스티로폼과 차음재를 구해 직접 녹음 공간도 만들었다. '우리가 좋아하는 책만 소개하고 싶다'는 원칙을 고수하기 위해 광고비를 받는 대신 서포터즈를 모집해 후원을 받았다.

제작진이나 패널 중 관련 업계 종사자가 있는 것도 아니었다. 공연 기획자, 피아니스트, 독립 피디, 소설가 지망생, 대학생 등 대부분이 오로지 책과 문학에 대한 순수한 애정만으로 팟캐스트 제작에 참여했다. 책을 읽고 대본을 쓰고 방송을 하는 데 적지 않는 시간이 소요됐고 이 모든 일에 대해 보수가 주어지는 것도 아니었다. 오히려 방송이 끝나고 매번 뒤풀이를 하느라 고정 지출이 발생하는 일이었다. 그런데도, 다만 책에 대한 '순수한 애정'만으로 그 수고로움을 감수할 준비가 된 사람들이 그곳에 모여들었다. 나 역시 그랬다. 문학에 대한 대단한 전문 지식이 있는 것도, 그렇다고 대단한 달변도 아니었다. 좋아하는 책에 대해 사람들과 한바탕 이야기하고 싶은 들뜬 마음만이 전부였지만, 그것만으로도 충분하다고 했다. 그렇게 '책라'에 합류하게 됐다.

두 번의 시즌 개편을 거치는 동안 내가 맡았던 코너는 '경복씨의 평행이론'과 '경복씨의 사회 시간'이었다. (경복은 당시 내 닉네임으로, 십 년째 함께 살고 있는 고양이의 이름에서 따온 것이다.)

그중에서도 '경복씨의 평행이론'은 한국의 젊은 작가들과 유명(?) 작가들의 책 사이에서 '평행이론'을 찾아내 두 작품을 함께 소개하는 코너였다. 예를 들어 손보미 작가의 단편소설 「임시교사」와 레이먼드 카버의 「열병」을, 정지돈 작가의 「건축이냐 혁명이냐」와 W. G. 제발트의 『현기증, 감정들』을, 장강명 작가의 『한국이 싫어서』와 최인훈 작가의 『광장』을, 박솔뫼 작가의 『을』과 배수아 작가의 「훌」을, 이장욱 작가의 「이반 멘슈코프의 춤추는 방」과 무라카미 하루키의 「렉싱턴의 유령」 등을 함께 소개하는 식이었다. 총 12회 이어진 이 코너에서 24명의 작가와 24개의 작품을 다루었다. 때로는 주인공이 처한 상황이, 소설의 주제나 문체가, 분위기가, 심지어는 제목이 비슷하다는 이유로 함께 엮기도 했다. 전적으로 내가 읽은 책들만이 대상이었기에 어떻게 보면 편협하기도 때로는 작위적이기도 한 목록이었지만, 나름대로 철저한 자료 조사와 분석이 들어간 원고를 쓰기 위해 많은 책을 뒤적였다.

그걸 가능케 했던 원동력은 오로지 하나였다. 나는 아무것도 아닌데, 그런 내가 하는 책에 대한 얘기를 이어폰 너머에서 적지 않은 사람들이 들어주고 있다는 실감과 그것에 대한 무거운 책임감이었다.

2010년대에 빈번히 쓰이던 단어 중에 '열정 페이'란 표현이 있었다. 세상에는 청년들의 열정을 볼모로 삼아 노동력에 대한 정당한 대가를 지불하지 않는 파렴치한 어른들이 아주 많았다. (그리고 지금도 사라지지 않았다.) 청년들은 자격증이나 풍부한 경험이 부족하다는 이유만으로 그런 악의에 동원됐고, 몸과 마음에 상처를 입었다.

하지만 실제로 당시의 나를 비롯한 청년들에게는, 그런 대상이 필요하기도 했다. 착취되지도 오용되지도 않고 정확하게 내 열정을 쏟아부을 대상이 우리에겐 필요했다. 내 열정을 알아봐주고 그걸 펼칠 기회를 주는 사람들이 간절했다. 그리고 당시의 내게는 〈책 읽는 라디오〉가 바로 그 기회였다. 증명할 자격이라고는 문학을 좋아한다는 마음밖에 없었지만, 소설가 지망생 겸 백수에게, 일주일에 딱 한 번 그 마음에 대해 실컷 얘기할 수 있는 한 시간은 너무도 귀해 결코 망치고 싶지 않았다. 그때의 고양감은 내게 딱 필요했던 용기를 부추겨줬다.

지금도 종종 그때 썼던 원고들을 다시 들춰본다. 그 시절 내가 쓰던 글과 지금 쓰는 글 사이에 그렇게 큰 수준의 차이가 있다고 느껴지지 않는다. 대신 이제 나는 책에 대한 글을 쓰고 이야기를 하며 돈을 받는다. 그때의 나와 지금의 나 사이에 존재하는 차이가 있다면 이름 뒤에 붙는 '기자'라는 수식 하나다. 그 수식을 얻기 위해 내가 거쳤던 과정이 물론 매우 지난하기는 했지만, 여전히 책에 대해 이야기할 때의 나는 '책라'를 할 때의 나와 크게 다르지 않은 것처럼 여겨진다. 세상에 존재하는 많은 문학작품들에 대해 얘기하는 일이 이토록 재미있으리라는 사실과 내가 그걸 잘 해낼 수 있는 사람이라는 사실을 그때의 책라가 아니었다면 영영 알지 못했을지도 모른다. 경험은 그런 식으로 쌓인다는 것 역시.

흥미롭게도 당시 책라를 함께 만들던 사람 중 많은 이들이 현재 출판사나 서점 등에서 일하며 그때와 비슷하고도 또다른 방식으로 저마다의 자리에서 책에 대한 이야기를 만들어가고 있다. 나도 마찬가지지만, 그 친구들의 현재를 구성하는 요소 중에 큰 부분이 그때의 책라로부터 왔을 것이다. 책라는 우리가 지금의 우리가 될 수 있다는 것을 스스로 시험해보고 확인해볼 수 있도록 해준 도전과 기회의 무대였을 것이다.

'열정 페이'라는 단어가 오염시키기 전의, 정말로 순수한 열정만으로 가능했던 일들이 있었다. 정당한 노동의 대가를 지불하지 않기 위한 변명으로 열정이라는 단어를 사용하는 것이 아닌, 서로가 서로의 열정에 기대어서만 가능하던 일들이 분명 있었다. 돈이 되는 것도, 대단한 명성을 얻을 수 있는 게 아닌데도, 그저 좋아서 그 일을 하는 사람들이 있었다. 그리고 때로 그 열정은 돈과 명성이 보장되는 일보다 더 멋진 결과를 내기도 한다.

이번 여름엔 네 청춘을 내가 좀 쓸게*

무박 삼일간의 졸업 영화 촬영이 끝난 직후였다. 스태프와 배우들은 먼저 현장을 떠났고 연출부 막내 겸 스크립터 겸 각종 잡일을 도맡아준 J와 나만 현장에 남아 용달차를 기다리는 중이었다. 촬영을 위해 사흘간 빌린 열두 평 주공 아파트는 마지막 촬영이 끝난 당일에 비워줘야만 했다. 냉장고와 텔레비전, 식탁을 비롯해 영화 소품으로 쓰인 각종 집기를 J와 둘이 엘리베이터 없는 4층에서 1층까지 등짐을 지고 날랐다. 2층쯤 내려왔을 때 손에 힘이 풀렸고,

* 제목은 영화 〈썸머 필름을 타고〉(2020)의 대사에서 빌려왔다.

냉장고가 그대로 오른발 위로 떨어졌다. 냉장고 바닥 모서리에 찍힌 오른쪽 발톱에 피가 고이더니 검은색으로 변하기 시작했다.

사흘간 제대로 씻지 못한 탓에 몸에서는 땀과 먼지, 온갖 것이 뒤섞인 냄새가 났다. 외모만 거지꼴인 게 아니라 실제로도 거의 빈털터리였다. 통장에는 영화 후반 작업을 위해 남겨둔 얼마간의 돈이 전부였다. 대학 사 년간 아르바이트하며 모아둔 비상금 사백만원이 고스란히 영화 제작비로 들어갔다.

"J야…… 미안하다…… 너한테 이런 고생 시켜서……"

J는 대답이 없었다. J에게 이 영화는 군대를 전역하자마자 만난 첫 현장이었다. 성격이 좋아 누구와도 잘 어울렸던 J가 예민한 영화 현장을 조율하기에 적격이라 생각한 나는 갓 전역한 J를 찾아가 가타부타 설명도 없이 두꺼운 스크립트 용지를 내밀며 연출부를 맡아달라고 부탁했다.

밤낮 구분 없이 이어지는 중에 늘 다음 장면만을 생각하고, 회의하고, 촬영을 했다. 촬영 장비와 소품으로 발 디딜 틈도 없는 틈바구니에서 서로 엉겨붙어 쪽잠을 잤다. 햄버거-짜장면-햄버거-짜장면의 식사가 반복됐고, 고열량에도 불구하고 매일같이 말라갔다. 동네 시끄럽게 이게 뭐

하는 짓이냐며 경찰에 신고하겠다던 촬영장 아랫집 여자의 윽박에 관리사무소에 가서 무릎을 꿇었다. 그 모든 일이 나에게도 처음이었지만 당연히 J에게도 처음이었을 것이다. 물론 학생 영화니 가난하고 고생스러울 것은 J도 예상했겠지만 그래도 그렇지, 이렇게까지 처절해야 하나. 내가 하고 있던 생각을 아마 J도 하고 있었을 것이다.

영원히 끝나지 않을 것 같던 촬영이 끝나고, 나와 J는 뭔가 가득 고여 있다가 빠져나간 텅 빈 가슴으로 아파트 놀이터 벤치에 앉아 뉘엿뉘엿 지는 해를 보며 그저 용달차를 기다릴 뿐이었다. J는 아무 위로도 격려도 하지 않고 가만히 내 옆에 앉아 있었다. 그런데 이상하게도 그때 그런 생각을 했다. 이게 지금 내 청춘의 가장 극적인 순간 중 하나일지도 모르겠다고. 탈진 직전의 상태에서, 내가 쏟아부은 열정의 찌꺼기를 멍하니 바라보는 것.

그렇게 내 이십대에 만들어낼 수 있는 에너지를 최대한 그러모아 만든 영화의 제목은 '오! 나의 금성무'였다. 포털 사이트에 내 이름을 검색하면 가장 위에 기자 페이지가 뜨고 그 아래 '같은 이름 다른 인물'로 한소범 영화감독이 뜬다. 포털 사이트는 영화제에 공식 출품된 영화 작품은 모두 정보를 등록해주는데, 이 영화가 (지금은 사라진) 광주

국제영화제 단편 경쟁 부문에 상영됐기 때문이다. 덕분에 난 그후로는 단 한 번도 주목받지 못한 그 영화로 영영 '감독'으로 박제되는 호사를 누리게 됐다.

〈오! 나의 금성무〉(2014)는 내 영상학과 졸업 작품이었다. 내용을 간략히 요약하면 다음과 같다.

홍콩의 영화배우 금성무의 열렬한 팬인 영신은 언젠가 자신에게도 그가 나오는 영화처럼 운명 같은 사랑이 찾아올 것이라고 믿는다. 그때 영신의 베란다에 금성무를 어설프게 닮은 남자가 하늘에서 떨어진다. 하지만 운명적인 상대가 되기엔 어쩐지 그의 행동이 수상해 보이는데……

운명적인 사랑에 대한 믿음이 배반당하는 한밤의 소동극으로, 본래는 짧은 소설로 썼던 것을 십오 분짜리 단편 영화 시나리오로 발전시킨 것이다.

대학에 입학해 영화 동아리에 들어갔더니 대학의 온갖 부적응자들을 한데 모아둔 것 같았다. 새내기들을 환대해 주는 다정한 선배는 없었고, 대신 도대체 언제부터 그 자리에 있었을지 짐작도 안 되는 더러운 소파에 몸을 구기고 앉아 담배만 뻑뻑 피우는 선배들이 있었다. 어떻게 말을 섞어야 할지 몰라서 소파 끝에 잠자코 앉아 있다보면 누군가 갑자기 동아리방의 불을 끄고 영화를 틀었다. 그러면 다들 침묵 속에서 영화를 봤다. 출출해질 때쯤 짜장면이 배달돼 왔고, 그러면 짜장면에 소주를 마시면서 영화를 또 봤다. 〈아라비아의 로렌스〉(1962), 〈전함 포템킨〉(1925), 〈라쇼몽〉(1950), 〈시민 케인〉(1941) 등 '죽기 전에 봐야 할 영화 1001' 같은 목록에 꼽히는 영화들을 그때 다 봤다. 당연히 이해하며 본 것은 아니었고 그냥 틀어져 있기에 본 영화들이었다.

그 영화들처럼, 그저 그곳에 있기에 본 것들로 『키노』나 『스크린』 같은 영화 잡지들이 있었다. 당시 이미 폐간된 이후였던 그 잡지들은 아마 십 년 전쯤 우리와 마찬가지로 그 동아리방에서 시간을 죽이던 선배들이 하나둘 모아두었을 것들이었다. 특히 1995년부터 2003년까지 나왔던 『키노』에는 2010년대 대학생에게는 어딘지 모르게 낯선 낭만이 이글거렸다. 그때 『키노』가 설파한 가르침 중에는 프랑스의 영화감독 프랑수아 트뤼포가 말했다는 '시네필 3법칙'이 있었다.

'같은 영화를 여러 번 보고' '영화에 대한 글을 쓰고' '결국 영화를 만드는 것'. 영화와 사랑에 빠지는 세 단계인 이

시네필 3법칙은 오랫동안 영화라는 종교에 빠진 이들이 따라야 할 교리로 떠받들어져왔다. 나중에 알고 보니 이는 트뤼포가 『내 인생의 영화들*Les films de ma vie*』에서 쓴 한 구절을 영화평론가 정성일이 재구성한 것에 가까웠지만, 원문의 엄격한 해석은 중요하지 않았다. 영화를 반복해서 보고, 영화에 대한 글을 쓰고, 영화를 만드는 것까지 해봐야 진정으로 영화를 사랑하는 길이라는 이 말은 교리로 삼기에 충분히 매력적이었으니까.

영화 동아리에서 워크숍으로 몇 편의 짧은 영상을 찍다가 영상학과 복수전공까지 하게 됐다. 인문대 건물에서 국문학과 수업이 끝나면 곧장 캠퍼스 가장 높은 곳에 위치한 예술대 건물로 가서 영상학과 수업을 들었다. 영상학과에 가서는 "저는 원래 국문학과라……"라고 변명하고, 국문학과에 가서는 "제가 영상학과 복수전공을 해서……"라고 둘러대는 일은 마치 이중국적자라도 된 듯 묘한 기분을 불러일으켰다. 물론 국문학과에 영상학과를 복수전공 한다고 말하면 "졸업하고 어쩌려고 그래?"라는 걱정을 듣는 일이 흔했지만, 그런 걱정까지도 내게는 '청춘을 제대로 사용하고 있다'는 자기 확신으로 이어졌다.

하지만 영화를 공부해야 했던 이유만큼이나 영화를 그

만둘 이유도 충분했다. 재능이 없었고, 부족한 재능을 뒷받침할 끈기나 용기도 없었다. 무엇보다 연출가로서 내 이야기와 말을 스태프들에게 설득시킬 자신이 없었다. 현장에서 연출가는 계속해서 선택을 내려야만 했다. OK인지 NG인지부터 시작해 온갖 자잘한 사항의 최종 결정권자는 모두 '나'였다. 피로에 젖어 내가 결정 내리기만을 기다리고 있는 스태프들을 볼 때마다, 나는 과연 이 영화가 저렇게 많은 사람들의 청춘을 빌려 쓸 만큼 가치 있는 일인지 알 수 없어졌다.

내가 영화를 그만둔 것은 자연스러웠지만, 다만 그 여름, 함께 영화를 만들어준 사람들에 대한 부채감은 결코 자연스럽지 않았다. 영화는 혼자 만들 수 있는 것이 아니었다. 내가 영화를 그만두면 〈오! 나의 금성무〉를 위해 자신의 청춘을 함께 써준 사람들에게 무용한 일을 시킨 것이 되는 셈이었다. 나는 내 청춘을 남용할 순 있었지만, 타인의 청춘을 남용할 권리까지 있는 것은 아니었다. 그래서 나는 J를 비롯해 〈오! 나의 금성무〉를 함께 만들었던 스태프들에게 오랫동안 연락하지 못했다.

J를 다시 만난 것은 그로부터 사 년 뒤였다. 마주앉은 J의 술잔에 술을 따라주며, 함께 용달차를 기다리던 사 년 전

그때처럼 또다시 미안하다고 사과했다. 영화를 좋아한다는 이유로 돈 한 푼 주지 않고 네 청춘을 그렇게 착취했어서는 안 됐었는데. 미안하다. 진짜 미안해. 그 말을 들은 J가 씨익 웃으며 대답했다.

"사과하지 마. 사과할 거 없어. 네 덕분에 나는 영화를 더 좋아하게 됐으니까. 기억할지 모르겠는데, 내가 군대에 있을 때 너한테 전화한 적이 있어. 그때 너는 영화 현장에 있었는데, 수화기 너머로 분주한 현장 소리가 들려오고 네가 나한테 미안하다면서 급하게 전화를 끊는 거야. 근데 나는 그게 엄청 부러우면서도 초조하더라. 그래서 전역하자마자 나도 빨리 현장에 가야겠다고 다짐했고, 그때 마침 네가 나한테 같이 영화를 하자고 했던 거야. 내 의지였지 네 부추김 때문이 아니었어. 그러니까 넌 나한테 사과할 게 하나도 없는 거야."

사 년간, 나는 친구들의 청춘을 남용해놓고 도망친 배신자의 심정으로 지냈다. 하지만 그 역시 결국 내 오만에서 비롯한 착각일 뿐이었다. 나는 애초에 남의 청춘을 사용할 수가 없었다. J는 자신의 의지로, 자신의 청춘을 사용한 것뿐이었다. 스크립트에 NG와 OK 컷을 어떻게 구분해서 적으면 되느냐고 내게 묻던 2014년의 J는 사 년 뒤 자신의 졸업 작품을 찍고, 영화제에서 그 졸업 작품을 상영하고, 상업 영화 연출부를 하다가, 자신만의 영상 제작 회사를 차린 사장님이 되어 있었다. 내가 J에게 알려줘야 할 연출 용어 같은 건 더이상 남아 있지 않았다. 나는 앞으론 사과 같은 건 하지 않겠다고 약속하며, 그러면 오늘 술값은 CEO인 네가 내라고 가뿐한 마음으로 말했다.

다음엔 내가 살게

일에 대해 얘기하려면 돈에 대해 얘기해야만 한다. 돈에 대해 얘기하기 위해선 사랑에 대해 먼저 얘기해야만 한다.

사랑에는 돈이 든다는 걸 사랑하기 전에는 알지 못했다. 사랑은 사랑하는 사람과 함께 해보고 싶은 것들의 목록이 늘어난다는 뜻이었는데, 세상에는 돈을 들이지 않고 함께 할 수 있는 일이 많지 않았다. 우리가 함께 먹는 것, 함께 사는 것, 함께 하는 것들에 매번 돈을 지불해야 했다. 그리고 그때마다 나는 매번 더 적게 내는 쪽이었다.

스무 살에 한 첫사랑은 일곱 살 연상의 동아리 선배였는데, 그는 나와 사귀고 얼마 지나지 않아 곧 취직을 했다. 한 달에 삼백만원 이상을 버는 직장인과 한 달에 삼십만원 용돈을 받는 스무 살 대학생이 데이트를 하면 아무래도 삼백만원을 버는 사람이 더 많은 비용을 부담하게 된다.

그렇다고 해서 내가 그것들을 당연하게 여겼던 건 아니었다. 오히려 나는 사는 사람이고 싶었다. 하지만 사는 사람의 지위가 내 것이 되기까진 오랜 시간이 걸렸다. 그건 내가 주로 나보다 벌이가 더 나은 연상의 연인들을 만나왔기 때문이기도 하지만, 내가 아주 오랫동안 가난했기 때문이기도 하다. 나는 항상 사는 사람이고 싶었는데, 너무 오래 가난했고 나이를 충분히 먹은 뒤에도 여전히 가난했기에 줄 수 있는 게 늘 적었다. 그래서 너무 오랫동안 받는 사람에 머물러야 했다.

첫 아르바이트는 수능이 끝나고 했던 집 근처 치킨 호프집 홀서빙이었다. 엄격한 최저임금 적용을 받지 않던 2009년 지방 도시의 미성년자 시급은 삼천삼백원이었다. 저녁 여덟시부터 새벽 한시까지 다섯 시간 일하고 나면 만 오천원 남짓의 돈이 내 몫으로 돌아왔다. 상경한 뒤에도 주로 요식업계에서 아르바이트를 했다. 종로3가의 이자카야, 삼청동의 전통찻집, 신사동의 레스토랑에서 주문도 받고 설거지도 하고 화장실 청소도 했다.

2012년 신사동 레스토랑에서 일할 때는 그래도 최저시급이 사천오백팔십원까지 올랐다. 흰 셔츠에 검정 나비넥타이를 하고 트레이는 무조건 한 손으로 들어야 했던 이 레스토랑에서 가장 비싼 메뉴는 이만오천원짜리 등심 파스타였다. 그곳에서 매일 다섯 시간씩 일했는데, 그렇게 일해도 그 파스타는 시킬 수가 없었다. 레스토랑 구석에 서서 누군가가 나를 "저기요"라고 부르는 소리에 집중하며, 내 노동과 음식값을 비교하는 마음을 떨쳐내려 애썼다. 레스토랑을 그만둔 뒤에도 식당에 가서 메뉴를 주문할 때 음식의 가격을 시급으로 환산해보는 버릇은 남았다.

물론 그 비교를 입 밖으로 꺼내진 않았다. 대신 아무렇지 않은 척 태연하게 밥을 먹거나, 위축되지 않기 위해 애써 더 발랄하게 굴었다. 와! 정말 맛있다. 와! 정말 예쁘다. 와! 여기 정말 좋다. 그런 과장된 즐거움이 상대방이 사는 밥을 얻어먹을 때 내게 주어진 역할이라고 생각했다. 인터넷 여기저기서 된장녀, 김치녀 같은 혐오의 말들이 떠돌 때, 나는 사치한 게 아무것도 없으면서 괜히 위축됐다. 백만원짜리 가방을 갖지 못해서 분했던 것이 아니고, 그런 허상으로 치부될 일말의 가능성이 없음에도, 태연함을 연출하느라 내 자존심이 하찮게 다뤄지는 것이 못내 서러웠다. 물론 내 자존심을 하찮게 다루는 것은 그 누구도 아닌 나였다.

가난한 연인은 신경림의 「가난한 사랑노래」에 등장하는 화자처럼 낭만적이지만은 않다. 물론 가난한 연인도 '볼에 와닿는 입술의 뜨거움'이나, '사랑을 속삭이던 숨결'이나, '돌아서는 등뒤에서 터지던 울음' 같은 것을 모르는 건 아니다. 하지만 2010년대의 가난은 식당에 갔을 때 또렷해졌다. 애써 기분 내서 간 비싼 식당에서 가장 싼 메뉴를 시키는 것이나, 허기가 아직 전부 가시지 않았는데도 추가 주문을 망설였던 것이나, 계산하는 이의 뒤에 서서 다음에는 내가 살게, 같은 말로 언제 가능할지 모르는 후일만 기약하는 것이다. 그런 일들은 전혀 낭만적이지 않고 그냥 구질구질할 뿐이었다.

대단하게 부자가 되고 싶었던 것은 아니다. 한 달에 한 번 한국여성의전화에 정기 후원을 하고 싶었고, 아메리카노 말고 다른 커피를 선택지에 두고 고민하고 싶었고, 가끔은 술기운에 계산을 하고도 다음날 괴로워하지 않아도 될 만큼의 통장 잔고를 갖고 싶었다. 몇 년째 정기 구독을 권하는 '시사IN'의 요청에 이제는 정말 응답하고 싶었는데, 나는 다음달의 내 생활을 예측할 수 없었기 때문에 정기 구독이나 정기 후원 같은 일은 하지 못했다. 그게 늘 마음에 걸렸다.

게다가 나는 여유에 대해 얘기하기 어려운 만큼이나, 가난에 대해서도 떳떳하게 얘기할 수 없었다. 나는 늘 시급 인상에 목말랐고, 늘 노동시간을 음식값으로 환산해야만 했고, 학비와 생활비와 월세, 전기세, 가스비 목록을 줄줄 꿰고 있어야만 했다. 하지만 흙수저라고 스스로를 비관하기에 나는 장학금을 받았고, 부모님으로부터 용돈도 밀리지 않고 받았다. 나는 염치를 알았다. 훈장으로 삼기엔 영 모자란 가난이라는 걸 알았다.

2016년 한국일보에 입사했을 때 처음으로 '연봉 계약서'라는 것을 써보게 됐다. 노동의 대가가 시급, 주급, 월급이 아닌 '연봉'으로 약속되면서, 비로소 삶의 단위를 '연간'으로 계산할 수 있게 됐다. 여덟 자릿수의 벌이라는 것은 의기양양한 것이었다. 정해진 날짜에 약속된 돈을 받았고, 월급을 미루지 말아달라 사장 한 명의 인성에 호소하지 않아도 됐다. 체계적인 시스템 아래서, 정당한 돈을 받는다는 기분을 성취했다. 이로써 그동안 대학과 무수한 책들에 저당잡혀 있던 지식값을 환불받을 수 있게 됐다. 내 배움이 쓸모없는 것이 아니었다는 걸 증명한 것만으로도 이루 말할 수 없이 뿌듯했다. 드디어 나는 죄의식 없이 통장에 찍힌 숫자를 바라볼 수 있게 됐다.

요즘 나는 총 네 군데에 정기 후원을 하고 있고 종종 편의점에서 소액을 결제할 때 숫자를 확인하지 않기도 한다. 여전히 카페에서는 아메리카노만 주문하지만 그게 가장 저렴해서가 아니라 그저 커피가 마시고 싶다는 이유로 그렇게 한다. 대단한 부자는 아니지만 명백하게 더이상 가난하지 않은 사람이 됐다. 누군가는 내가 으스대는 게 한없이 가소로울지도 모르겠다. 지금도 나는 택시를 탈 때마다 초조하게 미터기를 바라보고, 월급을 제외하고 자산이라 할 만한 것은 아무것도 갖고 있지 못하다. 하지만 이 모든 게 내가 매일 성실히 일한 결과로 주어진 것이라고 생각하면, 그 어떤 대단한 자산과도 비교할 수 없는 뿌듯함이 가슴에 차오른다. 무엇보다 내 사랑이 더이상 내게 부끄럽지 않은 것이 되었다는 것이, 우리에게 기약할 다음이 얼마든지 있다는 것이 때로 눈물나게 감격스럽다. 내가 내 일로 내 사랑을 지킬 수 있게 되었다는 사실이.

수고했고, 아무런 부채감 없이 취한 밤에, 그동안 내가 얻어먹은 밥에 대해 떠올려보았다. 그 안에 사는 사람의 기쁨과 사랑이 있었을 것임을 드디어 살 수 있는 사람이 되어서 깨닫는다. 이제야 그 기쁨을 조금이나마 가늠할 수 있게 되어 다행이라고 생각한다. 다만 그 호의를 그들이 아닌 다른 이에게 갚게 되겠지만, 그마저도 크게 잘못 갚는 일은 아닐 것이다.

열심히 갚는 사람이 되고 싶다. 맛있는 걸 많이 먹여주고, 멋진 것들을 사주고, 기뻐하는 모습들을 보며, 받는 사랑 말고 주는 사랑의 기쁨을 누리는 사람이 되고 싶다. 그런 뒤에야, 지난 사랑의 부채감에서 벗어날 수도, 그 추억들에서 해방될 수도 있을 테다.

사랑했고 떠나온 세계

여름이었고, 활짝 열어놓은 자동차 창문 너머에서 눅눅한 바람이 훅 끼쳐들어왔다. 창문 바깥으로 고개를 내밀자 깜깜한 낭떠러지였다. 연출부로 참여했던 단편영화 촬영이 끝나고 마지막 로케이션이었던 동해에서 서울로 돌아오는 길이었다. 옆자리에서 운전을 하고 있던 조연출의 얼굴은 바람에 묻어온 소금기가 일어 퍼석거렸다. 굽이굽이 이어지는 한계령은 도무지 끝나지 않을 것처럼 계속됐고, 뒷좌석에서는 멀미를 참지 못한 배우의 시큼한 토 냄새가 넘어왔다.

소규모 제작 영화의 특성상 한 명의 스태프가 해내야 하는 일의 가짓수는 무한했고, 그중 하나가 운전이었다. 문제는 조연출도 나도 하루에 세 시간 이상 자지 못한 날이 며칠째라는 것이었다. 반쯤 감긴 눈을 뜨려고 필사적으로 애쓰며 운전을 이어가는 조연출을 보면서 나는 천장에 달린 어시스트 그립을 쥔 손에 꽉 힘을 줬다. 이대로 죽는다면 영화를 하다가 죽는 셈이었다. 사인에는 교통사고라고 적히겠지만, 영화를 하지 않았다면 겪지 않았을 교통사고니 내 사인은 영화가 될 것이었다. 영화가 완성되는 것을 보지도 못하고 이대로 죽으면 억울할 것 같다고 생각했다가도, 영화가 완성된 것을 보고 죽는다면 안 억울할까 생각하니 그것도 아니었다. 나는 몽롱한 정신 줄을 붙잡으며 다짐했다. 아, 영화를 정말 그만둬야겠다.

그때 목숨을 걸고 찍었던 영화는 두 계절이 지나고 극장에 걸렸다. 나는 영화를 보면서 슬프지 않은 장면에서도 훌쩍거렸다. 영화 외에는 할 수 있는 멋진 일이 아무것도 없는 것처럼 느껴지던 무수한 밤들이 있었지만, 그것들이 모두 지나간 일이 됐다는 게 실감이 났다. 사랑했지만 떠나온 세계였다.

'취미 부자'란 말이 있다. 여러 가지 취미를 즐기는 사람들을 일컫는 말인데, 그렇게 따지자면 이십대의 나는 취미

가난뱅이였다. 뭐든 시작하면 끝장을 봐야만 하는 탓에 가벼운 마음으로 무언가를 시작할 엄두를 내지 못했다. 하모니카, 춤, 테니스, 발레, 등산, 꽃꽂이 등 친구들이 세상의 온갖 흥미로운 것들에 살짝 발을 담그며 취미의 세계를 유영할 때도 나는 한사코 두 가지만을 고집했다. 문학과 영화였다.

취미의 효용은 그것을 좋아하는 데 아무 책임을 지지 않아도 된다는 데 있다. 오히려 책임져야 하는 일들에 지칠 때 도망칠 수 있는 숨구멍이 되어준다. 취미는 성과의 강박에서 자유로워진 상태에서 무언가를 즐기는 일이 얼마나 인생을 풍부하게 하는지 깨닫게 해준다. 그런 의미에서 문학과 영화는 내게 결코 취미가 될 수 없었다. 나는 문학으로, 영화로 무언가를 증명하고 싶었다. 단편소설로 신춘문예에 입선하고 싶었고, 단편영화를 연출해 영화제에서 수상하고 싶었다.

하지만 좋아하는 것을 증명하고 싶어지는 순간 그것을 싫어할 명분도 함께 생긴다. 증명하기 위해선 잘해야만 했는데, 잘하는 것은 쉽지 않기 때문이다. 분명 좋아해서 시작한 것들인데 신춘문예와 영화제에서 낙선할 때마다 나는 문학과 영화를 자꾸만 미워하게 됐다. 마치 시작하지 말았어야 할 연애처럼 느껴졌다. 분명 서로 좋아하는 줄 알았는데, 시작하고 보니 일방적인 짝사랑이나 다름없었다. 더 잘 좋아하고 싶어서 더 잘 알고 싶은 거였는데, 끝내 내게 곁을 내주지 않는 냉담한 연인 같았다. 게다가 금전적인 보상이 따르지도 미래를 약속해주지도 않았다. 이럴 줄 알았으면 차라리 시작하지 말걸. 그럼 평생 좋은 인상만 가질 수 있었을 텐데. 왜 끝을 보겠다고. 왜 굳이 시작해서…… 마치 연인에게 화풀이하듯 영화와 문학을 원망했다. 그렇게 몇 번의 실패를 거듭 겪으며 나는 이별을 결심하게 됐다.

하지만 막상 헤어지기로 결심하자, 나는 이 사랑이 내게 남긴 것이 결코 상처만은 아니었음을 인정할 수밖에 없었다. 시작하지 않았더라면 끝내 몰랐을 것들이 내 안에서 빛나는 훈장이 됐음을, 이별로 끝났다고 해서 모든 연애가 실패는 아님을.

나는 이제 더이상 시나리오나 소설을 쓰지 않는다. 하나는 한계령을 넘어오며 그만뒀고, 하나는 문학 담당 기자가 되면서 단념했다. 하지만 나는 여전히 독립영화제에 가서 젊은 감독들이 만든 단편영화를 보고, 매년 1월 1일 발표되는 신춘문예 당선작들을 읽는다. 내가 만든 영화보다, 내가 쓴 소설보다 저 작품들이 더 나은 점이 무엇인지 비교할 필요가 없으니 이제는 늘 너그러운 관객이자 독자일 수 있다. 젊음을 바쳐 좋아했던 것과 이별하고 비로소 내가 얻게 된 것은 '취미'였다. 아무 성과도 낼 필요 없이 그저 좋아하기만 하면 되는 것.

마찬가지로 영화감독이 꿈이었지만 지금은 그저 퇴근하고 돌아와 맥주를 마시며 영화를 보는 게 인생의 가장 큰 즐거움인 친구 H가 이런 얘기를 들려줬다. 서울에서 나고 자란 시네 키드였던 H는 서울아트시네마가 낙원동에 있던 무렵 그곳을 제집처럼 드나들었다고 했다. 2008년 열여덟 살이었던 H는 서울아트시네마에서 열린 히치콕 특별전을 보러 갔다.

"아니 앞자리에 덩치 큰 아저씨 세 명이 쪼르르 앉아서는 계속 속닥거리면서 수다를 떠는 거야. 웃기지도 않은 장면에서 낄낄대질 않나. 영화를 보는 게 너무 즐거워 죽겠다는 듯이 말이지. 나중에 엔딩 크레디트가 다 올라가고 불이 켜진 뒤에 저 철없는 아저씨들이 누군가 하고 봤더니 박찬욱, 봉준호, 임필성 감독이었어. 그걸 보면서 나도 영화를 하고 싶다고 생각했어. 저 사람들처럼 영화를 좋아하고 싶어서. 그게 성공한 영화감독이어도 좋았겠지만, 지금은 그냥 나이들어서도 영화 보는 게 너무 재밌고 영화 보면서

할 얘기가 너무 많은 아저씨면 족하다고 생각해. 나한테는 그게 영화를 좋아하는 방식이야."

H는 영화감독이 되지는 못했지만 그때의 꿈만큼은 이루게 됐다. 영화를 너무 좋아해서 극장에서 영화 보는 게 너무 즐거운 어른이 됐으니까. 끝까지 좋아했다가 포기한 무언가는 다른 무언가와 비교할 수도 없을 만큼 좋은 취미가 된다. 나는 내가 영화를 그만둔 것을 두고두고 후회할 거라고 생각했다. 하지만 지금에 이르러서는, 영화를 그만뒀기 때문에 '세상에 영화만큼 멋진 일은 없어'라고 말할 수 있게 됐다고 생각한다.

물론 아무런 질투나 회한도 남아 있지 않다고 하면 거짓말이다. 한때 같이 영화를 만들고 소설을 쓰던 친구들이 오랜 사랑의 결실을 응답받고 있다는 소식을 듣는 날에는 기쁘면서도 조금은 쓸쓸한 기분이 든다. 그때 함께 한계령을 넘어오던 조연출은 지금도 상업 영화 현장에서 일하며 시나리오를 쓰고 영화를 찍는다. 함께 소설을 쓰던 친구는 얼마 전 한 출판사의 신인문학상을 수상해 드디어 '소설가'가 되었다. 그럴 때마다 생각해본다. 만일 그때 내가 그만두지 않았더라면? 사랑의 고난을 계속 견뎠더라면? 그러면 나는 그 사랑으로부터 보답받았을까? 나는 결국에 그냥 포기한 사람인 것은 아닐까? 생각하다가도, 이내 고개를 저어 그 상념을 떨쳐낸다. 내가 택하지 않은 다른 가능성에 대한 상상은 자칫 내가 택한 현재에 대한 부정으로 이어지기 쉽기 때문이다. 이미 헤어진 연인과 '헤어지지 않았더라면'이라는 상상을 하는 것은 지금 곁에 있는 연인에 대한 결례일 테니까.

이제 나는 다른 꿈을 꾼다. 우리 헤어졌지만, 어디에 누구와 있든 네가 행복하길 바라는 마음처럼, 나 대신 지금도 여전히 영화를 포기하지 않은 내 친구들의 무수하게 지새운 밤이 멋지게 보상받는 꿈을 꾼다. 그게 내가 지난 사랑을 추억하는 방식이다. 이게 취미라면, 이보다 더 행복한 취미는 없을 것이다.

독립영화의 크레디트에는

영화는 두 주인공이 촛불집회가 열리는 광화문광장에서 어묵을 사 먹는 장면으로 끝났다. 엔딩 크레디트가 다 올라가는 것을 기다리며 나는 극장을 나서면 꼭 어묵을 사 먹겠다고 다짐했다. 크레디트를 끝까지 보는 것, 누군지는 모르지만 영화를 만든 이들의 이름을 하나하나 읽어보는 것은 내가 영화, 더 정확히는 독립영화에 지키는 의리였다. 다행히도 독립영화의 크레디트는 그리 길지 않아서 나가서 뭘 먹을지 생각하면서 보다보면 곧 끝을 알리는 '감독은 특히 이분들께 감사드립니다' 자막이 등장했다. 십시일반 영화에 돈을 보태준 투자자들(회수 가능성이 거의 없다는 점에서 실은 기부자들일)의 이름까지 다 보태도 소박한 크레디트였다.

가끔 익숙한 이름 하나쯤 발견되기도 했는데, 그날 내가 연출부 크레디트에서 발견한 것은 O의 이름이었다. O는 대학생 시절 학교를 통틀어 네 명뿐인 국문학과와 영상학과 복수 전공자 중 한 명이었다. 나머지 셋 중 한 명은 졸업 후 가구회사에 입사했고, 한 명은 금융 스타트업에 입사했으며, 나머지 한 명이 나였다. 졸업 후에도 여전히 영화를 하고 있는 사람은 넷 중 O뿐이었다. 딱히 친하지는 않았어도 하고많은 전공 중에 굳이 문학과 영화를 골라잡은 답 없는 종족이라는 점에서 우리는 모종의 친밀감을 공유하고 있었고, 그중에서도 O와는 수업 몇 개를 함께 듣기도 했던 터라 크레디트에서 이름을 발견하자 대뜸 반가운 마음이 들었다.

영화 잘 봤다고 메시지라도 할까? 고민하며 자리에서 일어나는데, 불이 켜진 극장 안에는 나를 포함해 세 명의 관객이 전부였다. 아무리 예술영화 전용 극장의 가장 작은 관이라도 해도 영화가 그다지 흥행하지 못하고 있는 건 분명해 보였다. 나는 연락하려던 마음을 단념하고 극장을 나섰다. 극장 맞은편 포장마차에서 어묵 하나를 집는데 국물

가까이 있던 옆 사람이 내 종이컵에 어묵 국물을 채워주었다. 겨울에만 가능한 느슨한 연대였다. 고갯짓으로 감사를 표시하고 아무 말 없이 조용히 서서 국물을 마셨다. 낯선 사람끼리도 이런 안부를 나누는데, O에게 연락을 하지 않는다면 어쩐지 치사한 일일 것 같았다. 낯선 사람이 먼저 떠나고, 나는 호떡 하나를 집어먹으며 O에게 '영화 정말 잘 봤어!' 하고 메시지를 보냈다.

—소범아 정말 오랜만이다! 영화 재밌게 봤다니 다행이네. 실은 관객 점유율이 5퍼센트밖에 안 돼서 다들 아쉬워했거든. 그래도 스태프들이 다들 좋은 사람들이라 열심히 했어. 뭐, 스태프래 봤자 여덟 명밖에 안 되지만. 마지막 장면은 촛불집회 때 찍었어. 워낙에 방송국 카메라가 많다보니까 영화 찍는 줄도 모르더라. 아, 그때 너도 거기에 있었겠구나? 많이 추웠는데. 벌써 일 년이 지나 영화가 개봉을 했네. ……그래, 언제 한번 보자.

마지막으로 그런 식상한 인사를 나눴다. 나는 만나면 술은 꼭 내가 사겠다고 했다. 월급 받는 사람이 되어서 하나 다행인 것은 술을 살 수 있는 사람 될 수 있어서라고, 그게 내 낙이라고 말했다. O가 'ㅋㅋㅋ' 하고 웃으며 고맙다고 했다. 그러고 보니 며칠 전에는 친구로부터 K의 근황도 전해

들었다. K는 최근에 장편 시나리오 공모전에서 떨어진 뒤 제주도에서 귤을 따고 있다고 했다. 새벽 다섯시부터 귤을 따기 시작해 저녁 여덟시면 녹초가 돼서 곯아떨어진다고 했다. "아마 지금 전화하면 안 받을 거야. 그래도 서울보다는 따뜻해서 좋다더라." 나는 눈을 뜨면 옷을 두툼하게 챙겨 입고 나가 귤을 따는 K의 모습을 상상했다. 그래도 서울보다는 따뜻하다니 다행이었다.

교보문고 사거리에서 경복궁 정문까지 천천히 걸었다. 몇 년 전, 내가 글을 쓰는 일이 너무 어렵다고 하자 O는 "그래도 넌 글을 쓰고 싶으면 쓸 수 있잖아. 나는 영화를 찍고 싶은데 찍을 수가 없어" 하고 말했었다. O에게 그 말을 기억하고 있느냐고 묻자 '물론이지'라고 답했다. '그리고 여전히 그래. 여전히 쉽지가 않아. 여전히 너무 어려워'라고도. 나는 미안하지만, 그래도 O의 말이 종종 글을 쓰기가 너무 어려울 때 위안이 됐다고 고백했다. 글쓰는 게 아무리 어려워도, 적어도 난 쓰고 싶으면 쓸 수 있으니까, 하고 위로하며 그 시간을 견딜 수 있었다고. O는 자신도 그렇게 위안하고 싶은데 아직까진 영화를 찍는 일보다 어려운 일은 하늘을 나는 일밖에는 생각나지 않는다며 'ㅋㅋㅋ' 웃었다. O의 시시하고 자조적인 유머에 나도 따라 웃을 수밖에 없었다.

처음 영화를 하고 싶다고 말했을 때 선배들은 내게 집이 좀 사느냐고 물어봤다. 어렸을 땐 그 말이 영화를 찍는 데는 돈이 필요하니까 묻는 말인 줄 알았다. 너 영화 찍을 돈 있어? 물론 그것도 완전히 틀린 말은 아니었지만, 그보다는 돈을 벌 가능성은 거의 없고, 간혹 돈이 벌린다 해도 지난 시간에 대한 보상으로는 턱없이 모자란 이 일에 죄책감을 느끼지 않을 수 있을 만큼 유복하냐는 질문에 더 가까웠다. "야, 봉준호, 박찬욱, 홍상수, 김지운의 공통점이 뭔지 알아? 위대한 영화감독이라는 거? 아니, 다들 부잣집 아들들이라는 거야." 그런 위악적 농담을 주고받았다.

내가 서이제 작가의 첫 소설집 『0%를 향하여』*의 리뷰 기사를 유독 공들여 썼던 것은, 그러니 어쩔 수 없는 일이었다. 『0%를 향하여』는 서울예대 영화과를 졸업한 작가가 자신의 영화과 재학 시절을 바탕으로 쓴 작품이다. 소설에서 영화과 입시 과외를 받는 학생은 "독립영화 감독 되면 정말 저렇게 다 불행해요?"(343쪽)라고 묻고, 술자리의 영화제작자는 "관객들 생각은 하지도 않으면서 예술 뽕에

* 서이제, 『0%를 향하여』, 문학과지성사, 2021.

만 차올"(346쪽)랐다고 말한다. 독립영화를 찍는 '우리'라고 크게 다르지 않다. 백수나 다를 바 없이 사는 비슷한 처지의 친구들은 "돈도 안 되는 일 하느라 매일 바쁜 게 우리 삶"(333쪽)이라고 말한다.

돈도 안 되는데 매일 바쁜 삶. 심지어는 돈을 써가며 해야 하는 일. 그 돈은 엄마 쌈짓돈이기도 하고, 죽어라 아르바이트를 해서 모은 돈이기도 하다. 그런 돈을 써가며 만드는 영화. "'자기들끼리' 찍고, '자기들끼리' 보고, '자기들끼리' 해먹는"(322쪽) 그런 독립영화에 대해 말하는 일은 얼마간의 자부심과 얼마간의 수치심이 뒤섞일 수밖에 없다. 서이제 작가는 "보고 싶은 영화와 그 영화를 만들어줄 사람들을 더 열렬히 응원했어야 한다는 반성" 그리고 "아무것도 지켜내지 못했다는 생각"에서 쓰기 시작한 소설이라고 말했다.* 그 반성이 뭔지 나도 너무 잘 알아서, "누구는 마약도 하는데, 저는 왜 예술 뽕도 못 맞아요?"(346쪽)라고 말하는 이 신인 작가의 첫 소설집에 무관할 수가 없어서, 긴 리뷰를 쓰는 것으로 내 반성을 했다.

내가 쓴 기사를 본 어느 선배가 "(예술하는 사람들의) 열

---

* 「인터뷰 서이제×조효원」, 『소설 보다: 여름 2020』, 강화길 외, 문학과지성사, 2020, 109쪽, 서이제의 발언.

등감과 자기애가 이상하게 섞인, 구체성이라고는 없는 염세주의, 지긋지긋하다"라고 내게 말했다. 그가 지긋지긋하다고 말하는 게 뭔지는 나도 잘 알았다. 대놓고 그만두라고는 못하지만 명절 때마다 초조하게 내 눈치를 살피는 부모님의 얼굴, 불투명한 미래, 먼저 취직한 친구들과 만날 때면 매번 얻어먹을 수밖에 없는 지갑 사정, 구차해지지 않으려 꾸며내는 씩씩함. 예술한답시고 그것들을 모른 척하는 게 싫어서 나 역시 금방 자리를 털고 일어났으니까. 그래도 나는 그걸 '지긋지긋하다'고 말할 순 없었다. 왜냐하면 아직 거기 내 친구들이 있으니까. "0%는 없음이 아니라 '0이라는 존재의 있음'"(이광호)이니까.

그러니까 독립영화가 다 망했다고 해도, 열등감과 자기애로 똘똘 뭉친 사람들이 모여 있는 곳이라고 해도, 거기엔 아직 내 친구들이 있어서, 나는 언제까지고 극장의 불이 환하게 켜질 때까지 자리를 지키는 사람이다. 크레디트의 이름들을 하나하나 다 읽어보는 사람이다. 네 이름이 뜨기를 기다리며.

2부

울면서 걷기

넌 자라 독후감 쓰는 일을 하게 될 거야

내가 기억하는 최초의 장래 희망은 의사다. 일곱 살 즈음의 꿈으로 기억하는데, 이걸 기억하는 이유는 유치원에서 예쁘게 꽃모양으로 오린 색종이에 각자의 장래 희망을 쓰고 그 아래 자신의 사진을 붙이도록 했기 때문이다. 부모님은 '장래 희망: 의사'라고 삐뚤빼뚤 적힌 글씨 아래 이 하나가 빠진 얼굴로 환하게 웃고 있는 내 사진을 통째 코팅해 내가 중학교에 갈 때까지 냉장고에 붙여놓았다. 물론 왜 하필 의사였는지는 기억나지 않는데, 어린 시절 만나본 어른 중 가장 권위 있고 대단해 보이는 사람이 의사 선생님이란 흔한 이유 때문이 아닐까 싶다.

열 살 때 꿈은 화가였다. 당시 담임 선생님이 개인적으로 그림 작업을 하는 분이셨는데, 선생님의 전시를 보고 와서 나도 저런 멋진 사람이 되고 싶다고 생각했던 것 같다. 물론 그 꿈은 금방 접었다. 당연했다. 난 화가가 멋있다고 생각했을 뿐, 그림을 잘 그리거나 그림 그리는 걸 좋아하지 않았으니까.

그 이후 유년기부터 청소년기 동안의 꿈은 놀라우리만치 잘 기억나지 않는다. 혹시나 해서 엄마에게 전화해 물어보았더니 "이것저것 두루 좋아했던 것 같은데…… 딱히 뭐가 되고 싶어했는지는 기억이 잘 안 나네"라며 마찬가지로 당황해하셨다. 나야 어린이였으니 그렇다 치더라도, 직접 양육하신 부모님마저 기억하지 못한다니. 아무튼 하나는 확실했다. 그로부터 이십 년쯤 뒤에 '기자'가 되리라고는, 부모님도 나도 확실히 몰랐으리라는 것이다.

나는 1991년 6월 7일 낮 12시 30분에 태어났다. 사주 보는 여자는 내게 '신문에 이름 날 사주'라 했다. 만 명 중 한 명 있는 사주라고 했다. (물론 범죄자가 될 사주로도 풀이할 수 있었겠으나, 부모님은 의심 없이 '큰 인물'이 된다는 뜻으로 해석했다.) 그러면서 사주 보는 여자는 '재주로 벌어 먹고살 팔자'라고 덧붙였다. 그런데 나는 그 '재주'라는 말이 늘 찜

찜했다. 나는 '재주' 같은 거 말고 '재능'이 갖고 싶었다. 그럭저럭 남들보다 조금 뛰어난 것 말고, 아주 자연스럽게 갖고 태어나 그것이 아니면 다른 수가 아무것도 없는, 말하자면 강력한 운명 같은 것. 누구라도 인정할 만한 압도적인 것. 그리고 가능하면 그 재능이 아주 눈부신 종류의 것이어서 많은 사람이 나를 알아챌 수 있었으면 했다. 그렇지 않으면 내 존재가 너무 시시한 나머지 아무도 내가 여기 있다는 걸 모를 것 같았다. 무엇보다 그런 재능이 있다면 지난한 직업 탐구의 여정은 거치지 않아도 될 것 같았다.

하지만 그런 재능은 발견되지 않았다. 이후는 지루한 가능성의 시간들이었다. 뭐든지 될 수 있는 가능성은 다시 말해 어느 것에도 딱히 이렇다 할 재능을 보이지 못했다는 뜻이기도 하다. 친구들이 하나둘씩 미술의, 음악의, 체육 계통의 진로를 결정하고 그걸 위해 정진할 때 나는 그냥 공부를 했다. 공부가 제일 쉬웠던 건 아니지만, 재능은커녕 재주도 발견하지 못한 청소년에게 공부가 제일 만만한 선택지이긴 했다. 물론 책 읽기와 일기 쓰기를 즐겨했다는 점에 미뤄 혹시 내가 이쪽 계통(?)의 재주가 있는 것은 아닐까 어렴풋하게 짐작해보긴 했다. 하지만 상위권 성적을 가진 대한민국의 수험생에게 그건 그저 시험 기간 다른 과목

보다 국어 공부를 소홀히 해도 상대적으로 점수를 잘 받을 수 있다는 유용함 그 이상도 이하도 아니었다.

여전히 확실한 재능은 발견하지 못한 채로 그렇게 어영부영 수능 공부를 했고, 그러다 대학에 갔다. 그쯤엔 내가 무엇이 될진 몰랐지만 내가 무엇을 좋아하는지 정도는 알게 됐는데, 나는 영화와 문학을 좋아했다. 그것들에 대해 읽고 보고 쓰는 것을 좋아했다. 온통 불가해한 것투성이인 세계에서 시야가 그나마 뚜렷해지는 순간은 전부 거기에 있었다. 물론 좋아하는 것과 그걸 직업으로 삼는 것 사이엔 커다란 간극이 있었다. 그 간극을 좁히기 위해 필요한 게 경험이었다. '좋아한다'와 '한다' 사이에 있는 '하고 싶다'를 실천해볼 타이밍이었다.

2011년 겨울, 한강 어귀 어느 공원에서 독립영화 촬영이 한창일 때였다. 나는 제작부 막내였고, 맹렬한 추위에 입이 다 얼어버린 배우들과 움직임이 둔해진 스태프들을 위해 수십 개의 종이컵에 담긴 믹스 커피를 휘젓는 중이었다. 종이컵 위에 덜 녹은 커피 가루 덩어리들이 둥둥 떠 있었다. 현장에 녹아들지 못한 채 헤매고 있는 내 존재가 마치 그 가루 덩어리같이 느껴졌다. 첫 영화 현장은 끊임없는 실수와 사죄의 연속이었다. 촬영이 매끄럽게 진행될 수 있도록 준비하는 게 제작부의 일이었는데, 나는 오히려 계속 실수를 연발해 원활한 진행을 막고 있는 것만 같았다.

게다가 내가 정확히 영화를 하고 있는 게 맞는지 모르겠다는 것도 나를 주춤거리게 했다. 멀리 환하게 빛나는 조명 장비 근처에서 배우들과 감독님, 주요 스태프들이 다음 촬영할 신에 대해 이야기하고 있는 것이 보였다. 그들은 '진짜' 영화를 하고 있었다. 하지만 아무리 생각해봐도 믹스 커피 스무 개를 타는 게 영화 같지는 않았다. 영화를 하고 싶어서 찾아온 현장이었는데, 영화를 '한다'는 게 뭔지 점점 더 모르게 되는 것만 같았다. 내가 풀죽어 있는 게 느껴졌는지 제작부 선배가 말을 걸어왔다.

"많이 춥지? 제일 힘든 현장이 겨울 현장인데 하필 첫 현장이 이래서 어떡하냐."

"선배, 근데 제가 진짜 영화를 하고 있는 게 맞을까요? 저기 감독님이랑 배우들이 영화를 하고 있다는 건 알겠어요. 저중 한 명이라도 아프거나 사라지면 영화를 찍을 수 없겠죠. 그런데 제가 지금 당장 사라져도 영화를 못 찍는 건 아니잖아요. 믹스 커피 타는 건 누구라도 할 수 있잖아요."

"뭔 소리야. 제작부 막내가 얼마나 중요한데. 너 없으면 현장 안 돌아가지. 당장 내 할일이 얼마나 늘어나겠어. 야

안 돼. 너 도망가면 절대 안 된다?"

그 말이야말로 평범하지만 진리인 답이었다. 영화는 절대 감독과 배우만으로 만들 수 없었고, 모든 스태프가 자신의 자리에서 최선을 다해줘야만 만들 수 있는 것이었다. 하지만 내 미숙함에, 좌절할 대로 좌절한 귀에, 그 말이 곧이곧대로 들릴 리가 없었다. 내 머릿속은 이미 '믹스 커피를 타는 게 절대 내 재능일 리 없어'라는 확신으로 꽉 들어차 있었다.

좌절은 거기에서 그치지 않았다. 오히려 시작이었다. 좋아하는 걸 잘하게 되기보다, 좋아해도 잘하기 어렵다는 걸 깨닫는 게 어른이 되는 과정 같았다. 영화감독, 드라마 작가, 소설가, 기자…… 내 재능은 도대체 어디 있을지 찾아 헤맨 끝에 나는 신문사에서 문학 기사를 쓰는 기자가 되었다. 많은 실패와 타협 끝에 찾아낸 '내 일'이었다. 그런데 놀라운 일이 벌어졌다. 사람들이 내게 '딱 맞는 직업'이라는 얘기를 해오기 시작한 것이다. 한 번도 문학 기자가 되기를 꿈꾼 적은 없었는데, 돌이켜보니 그간의 모든 실패들이 이 직업을 위한 준비 과정처럼 보였다. 나만 몰랐을 뿐이지 처음부터 나를 위해 마련된 직업이라는 생각까지 들 정도였다. 내가 탐구해온 지난 모든 순간이 유용했다. 심지어 실수뿐이었던 제작부 막내 경험까지도.

어느 날 텔레비전에서 소녀시대 태연이 "왜 노래를 하세요?"라는 질문에 "잘하는 게 이것밖에 없으니까요"라고 답하는 것을 봤다. 재능은 축복이기도 하지만 구속일지도 모르겠다는 생각을 어렴풋이 했다. 반대로, 어느 것 하나 특출나지 않아 오랫동안 방황한 사람이야말로 자신을 탐구할 기회를 실컷 누릴 수 있었다. 게다가 세상엔 내가 미처 상상하지 못할 정도로 다양한 일과 직업이 있었다. 그러니 누군가 내게 "어떻게 문학 기자가 되셨어요?"라고 물어봐도 "그러게요……"라고 얼버무릴 수밖에 없다. 하지만 한 가지 확실한 건, 나만 몰랐을 뿐 어쩌면 운명이었을지도 모른다는 것이다. 게다가 어쨌든 '신문에 이름 날 사주'라는 예언은 맞아떨어진 셈이다. 거의 매일같이 신문에 이름이 나는 신문기자가 되었으니까.

딱 한 사람만 믿어줘도

오디션 프로그램에서 무척 중요한 연출 중 하나는 '극적인 순간'이다. 극적인 순간은 예선부터 우승이 점쳐졌던 참가자가 예상대로 최종 우승을 하는 것보다는, 주목받지 못했던 '언더도그'가 방송중에 기량의 발전과 성장을 차근차근 이뤄낸 끝에 우승 트로피를 쥐어 들 때 탄생한다. 물론 그 과정은 무척 험난해야 하고, 탈락의 위기도 몇 번이나 거쳐야 한다. 그리고 그때마다 기적처럼 그를 탈락의 위기에서 구해주는 수단이 동원돼야 하는데, 그중 하나가 바로 '슈퍼 패스'다.

2011년 Mnet 〈슈퍼스타K3〉에서 처음 도입된 이 심사 제도는 심사위원 한 명이 자기 혼자만의 결정으로 합격시킬 수 있는 권한을 말한다. 슈퍼 패스 제도를 이용하면 심사위원 과반의 찬성 없이 단 한 명의 지지만 있어도 다음 단계로 넘어갈 수 있다. 스포츠 경기로 따지면 일종의 '와일드카드'다. 정상적인 방식으로는 플레이오프에 진출을 못했지만 특별한 방식으로 진출하는 팀 또는 선수인 셈이다.

그런데 오디션 프로에나 있을 법한 그런 극적인 연출이 내 인생에서도 벌어질 줄은, 정원 외 선수가 내가 될 줄은, 나도 몰랐다.

2016년 한국일보의 채용은 거의 두 달에 걸쳐 이어졌다. 서류 심사, 필기시험, 르포 시험, PT 면접, 최종 면접까지 총 다섯 개 전형을 거쳐야 했다. 나로서는 언론사 입사를 준비한 지 네 달밖에 안 된 시점이었고 처음 제대로 치러보는 언론사 시험이었다. 어찌저찌 우당탕탕 서류 심사, 필기시험, 르포 시험까지 합격하고 나자 사람들 앞에 서서 내가 기자가 되어 마땅하다고 설득해야 하는 면접만 남게 됐다. 그중 PT 면접은 현장에서 주어진 주제로 삼십 분 안에 특집 기사의 기획안을 짜고 면접관들 앞에서 발표하는 게 과제였는데, 제대로 된 기사의 기획안을 삼십 분 안에 생각하는 것도 막막했지만 면접관들에게 그것을 설득하는 일은 더 큰 난관이었다.

차례가 되어 수험번호와 이름이 불렸고, 문을 열고 들어가자 세 명의 면접관이 앉아 있었다. 면접관이라곤 하지만 까마득한 기자 선배일 이들이었다. 그때 내가 받아든 주제는 '메르스 사태 일 년'이었는데, 뭐라고 발표를 했는지 또 질문엔 뭐라고 대답을 했는지 구체적으로는 기억이 나질 않는다. 딱히 긍정적이지도 그렇다고 대단히 적대적이지도 않았다는 느낌 정도만 남아 있는데, 사실 '이도 저도 아닌' 반응은 대개 나쁜 결론일 가능성이 컸다. 그다지 흥미로운 인상을 못 남겼다는 뜻일 확률이 높기 때문이다. 다행히 '이도 저도 아닌' 것만은 아니었던 모양인지 해당 전형을 통과했고, 결과적으로는 최종 면접에서도 합격하게 됐다.

천여 명의 지원자 중 나를 포함해 일곱 명이 한국일보 수습기자로 최종 선발됐다. 그리고 그해의 와일드카드가 다름 아닌 나였다는 사실을 알게 된 건 그로부터 오 년 뒤였다.

그날은 삼십 년간 다닌 회사를 그만두는 L 선배의 송별회 자리였다. L 선배는 그때 신입 사원 PT 면접에 들어왔던 세 명의 면접관 중 한 명이었고, 주요 직책에 여성 비율이 극도로 낮은 회사에서 유일하다시피 한 여성 고참 기자였다. 여성 기자로서 삼십 년간 한 언론사에 근속하고 간부 자리에까지 올랐다가 그만둔다는 이력은 구구절절 설명을 덧붙이지 않아도 헤아릴 수 없이 험난했을 세월을 미루어 짐작하게 만든다. 내가 L 선배와 함께 회사에 다닌 것은 고작해야 사 년 남짓이었고, L 선배와 부서장과 부서원의 관계로 함께 일한 적이 있는 것도 아니었다. 하지만 때론 그냥 그 자리에 있어주는 것만으로도 든든한 사람이 있었다. 내겐 L 선배가 그런 사람 중 한 명이었다. 나는 '여성' '기자'로서 나의 먼 미래를 떠올릴 때, 그 모습에 대해 구체적으로 상상해볼 수 있도록 해주는 '선배'가 회사에 있다는 것만으로도 감사했다. 그래서 L 선배가 회사를 그만둔다고 했을 때 내색은 못했지만 서운했다. 하지만 서운하다고 말하기에 L 선배는 너무 까마득한 선배여서, 나는 송별회 내내 시무룩한 표정을 하고 있는 게 전부였다. 나 말고도 송별회에 모인 후배들은 모두 비슷한 마음이었는지 저마다 화내기도, 슬퍼하기도, 아쉬워하기도 했는데, 정작 L 선배는 의연하고 씩씩하기까지 한 모습으로 후배들 한 명 한 명 마주앉아 술잔을 부딪치며 인사를 나눴다. 한참이 지나 내 차례가 왔다. L 선배가 내 술잔에 맥주를 따르며 말했다.

"그거 아니? PT 면접 때, 다른 면접관들이 너를 뽑지 말자고 했어. 너무 '튀는 생각'이라고 했지. 근데 한 명 정도는 튀어도 되지 않나 싶은 거야. 그때 우리끼리 룰을 하나 정한 게 있었거든. 정말 꼭 뽑아야만 하는 친구가 있으면 다른 면접관들이 반대해도 각자의 '와일드카드'를 써서 다음 전형으로 올리자고. 최종 전형도 아니고, 정말 아니다 싶으면 다음 면접에서 어차피 걸러질 테니까. 그래서 내 와일드카드를 너한테 썼어. 결과적으로는 내가 맞았던 거야. 내 선택이 틀리지 않았다는 걸 증명해줘서 고맙다."

그 말을 듣고 출생의 비밀을 알게 되기라도 한 것처럼 충격에 빠졌다고 하면 거짓말이다. 오히려 '그러면 그렇지……' 하는 생각부터 들었다. 나는 기자가 된 후에도 자주 의심했다. 내가 어떻게 기자가 됐을까? 혹시 어딘가 실수가 있었던 건 아닐까? 점수가 잘못 기재됐다거나, 답안지가 바뀌었다거나…… 그렇지 않고서야 이렇게까지 일이 버거울 리가 없는데. 마치 나를 사랑하지 않는 부모를 보며 혹시 나는 다리 밑에서 주워온 게 아닐까 의심하는 아이처럼 회사를 의심했다. 그래서 내가 '탈락 위기'의 지원자였다는 사실을 알게 되자 오히려 '혹시가 역시였군' 하는 안도의 마음마저 들어버린 것이다.

그러나 이 반전의 놀라운 점은 정작 다른 데 있다. L 선배의 지지가, 당사자조차 알지 못했던 가능성에 대한 지지였다는 점이다. 나는 오디션 프로그램에 나오는 뮤지션들처럼 남들이 알아주지 않아도 나만은 알고 있는 나의 가능성에 대한 믿음 따위 가져본 적 없었다. 대신 '이 일 말고 다른 일을 찾아보는 게 낫겠어요'라는 말을 기다리고 있기라도 한 것처럼, 언제라도 도전에서 도망칠 준비가 되어 있었다. 만일 그때 L 선배가 나에게 와일드카드를 사용하지 않아 한국일보 면접에서 떨어졌다면, 나는 '왜 떨어졌지?'라고 의심하는 대신 '그럴 만했겠지'라고 체념했을 것이다. 체념은 자연스레 자신감 하락으로 이어질 테고, 나는 나를 더욱더 믿지 않는 사람이 되어갔을 것이다. 나조차 믿지 않는 나의 가능성을 다른 회사들이 믿어줄 리는 없으니 결국에 기자는 되지 못했을지도 모른다.

그러니 나 자신에 대해 내가 가장 잘 알고 있다는 생각은 때로 완전히 틀리다. 나는 내가 좋은 기자가 될 수 있다는 것을 충분히 믿지 못했지만 L 선배는 믿었다. 그리고 L 선배의 그 믿음이 내 미래를 바꿨다.

정작 L 선배는 큰 의미 없이 슈퍼 패스를 사용했을 수도 있다. 한 번은 쓸 수 있도록 정해졌고, 잘못된 선택이었다면 어차피 다음 전형에서 떨어질 테니 그 선택에 큰 책임을

질 필요도 없었다. 하지만 내가 L 선배의 슈퍼 패스였다는 걸 알게 된 이후 내게 벌어진 일은 결코 사소하지 않았다. 나를 포함한 다수가 나를 믿지 않을 때 나를 믿어준 사람이 딱 한 명이라도 있었다는 사실, 그런 일이 내 인생에 단 한 번이라도 있었다는 사실은 이후 내가 용기를 잃을 때마다 작동되는 '방패'로 남았다. "실망시키지 않아줘서 고맙다"라는 L 선배의 인사는 '실망시키지 마라'라는 당부처럼 들렸다. 그 믿음을 배반하지 않기 위해서라도 나는 잘하고 싶어졌다. 다수의 가당한 지지보다, 딱 한 사람의 지지가 어쩌면 더 무겁고 귀한 것이다.

돌이켜보면 L 선배 말고도 모든 도전과 기회마다 그런 사람들이 있었다. 실수 연발의 아르바이트생을 혼내지 않았던 사장님들, 학교와 촬영 현장과 회사의 무수한 '선배'들. 그들은 왜 그랬을까? 처음에는 단순히 처진 눈썹을 한 채 어쩔 줄 몰라 하는 초년생이 안쓰러워서 내민 '호의'일 거라고 생각했다. 요즘엔 조금 다른 생각을 한다. 슈퍼 패스 덕에 기자가 된 그 지원자도 이제는 많은 후배들과 인턴들을 맞은 어엿한 선배가 됐다. 후배들을 보면서 나는 알게 됐다. 믿어주는 것, 기회를 주는 것이 선배의 일이라는 것. L 선배가 내게 사용한 '슈퍼 패스'는 선배로서 그의 '할

일'이었을 것이다.

딱 한 사람만 믿어주면 된다. 그래서 나도 믿을 것이다. 내가 바로 그 믿음의 증거이자 결과니까.

제 진짜 이름은

〈TV는 사랑을 싣고〉라는 텔레비전 프로그램이 있었다. 연락이 끊어진 첫사랑, 은사, 동창 등 과거의 인연을 의뢰하면 제작진이 수소문해 찾아주는 프로그램이었다. SNS가 발달하기 전이라 사람을 찾기 위해 경찰청까지 동원됐고, 겨우겨우 찾았는데 알고 보니 동명이인이더라, 하는 에피소드도 있었다. 온갖 역경 끝에 찾아낸 사람이 긴장감을 고조시키는 BGM과 함께 스튜디오에 모습을 드러내는 장면은 매번 감동을 자아냈다. 그리고 나는 수십 년 만에 재회한 사람들이 서로 부둥켜안은 채 눈물을 흘리는 모습을 보면서 이렇게 생각했다. 누가 나 찾으려거든 되게 쉽겠네.

내 이름은 할아버지가 지어주신 것이다. 한소범. 이름을 말하면 싱거운 농담 하길 좋아하는 사람들은 "그럼 작은 호랑이인가?" 하며 웃는다. 실은 '범'이 순우리말이고 '호랑이'가 범 호에 늑대 랑이 합쳐진 한자어다. 소범의 한자는 연못 '소'에 넘칠 '범'을 쓴다. 돌아가신 할아버지는 철학관을 하셨는데 내 사주에 물이 적다며 삼수변을 두 개나 넣어 넘치는 연못이라는 다소 난해한 이름을 지었다.

한자 뜻이 뭐가 됐든지 간에 한소범이 특이한 이름이라는 사실은 변함이 없다. 살면서 나와 같은 이름을 가진 사람은 한 명도 보지 못했다. 사람 찾기 기능이 있었던 싸이월드에서 한소범을 검색하면 전국에 딱 한 명(나)만 검색됐고, 싸이월드의 역할이 페이스북으로 옮겨간 뒤에도 마찬가지였다. (내가 아는 한) 한소범은 나뿐이다. 그런데 그런 이름을 가진 사람이 기자가 됐다면? 옛 동창과 과거 연인들을 포함해 전 국민에게 근황(최근 기사)뿐 아니라 연락처(메일 주소)까지 공개된다는 뜻이다.

모든 기사의 말미에는 기사 작성자의 이름이 적힌 '바이라인by line'이 붙는다. 영문 기사 끝에 'Reported by ○○○'라고 쓰는 데서 비롯했다고 한다. 여기에 기사를 온라인에 전송하기 시작하면서 제보가 용이하도록 메일 주소를 덧붙이며 바이라인은 '기자 이름+메일 주소'로 자리잡았다. 최근에는 포털 사이트에서 기자 페이지를 따로 만들어 프로필 사진까지 내걸어주면서 더더욱 헷갈릴 일이 없게 됐다. 덕분에 학창시절의 친구들로부터 beom@hankookilbo.com으로 메일을 많이 받았다. "소범아 안녕! 우연히 기사를 읽다가 네 이름을 발견하고 반가운 마음에 메일 보낸다. 기자가 됐구나!"

매일 쓰는 기사, 매일 쓰는 바이라인. 당연히 그 의미에 대해서는 심상해진다. 문장 끝에 찍는 마침표처럼 기계적으로 바이라인을 덧붙이다가도, 이렇게 대뜸 내 이름을 부르는 메일을 받을 때면 흠칫한다. 다른 누구와도 헷갈릴 수 없는 특이한 이름을 내걸고 일한다는 것의 무게를 실감한다. 아, 나는 이름 뒤에 숨을 수가 없구나. 나쁜 짓은 하고 살면 안 되겠구나. 나쁜 짓을 하려거든 개명할 각오 정도는 해야겠구나. 물론 이름을 숨겨야 할 만큼 부끄럽게 살아오지는 않은 것 같다고 생각한다. 아니다. 실은 딱 한 번, 다른 이름 뒤에 숨었던 적이 있다.

그때, 어찌할 줄 모르고 쭈뼛거리며 서 있던 내게 먼저 말을 걸어온 쪽은 이모였다. "일 구해?"라는 질문에 불쑥 "네" 하고 대답이 튀어나왔다. "들어와. 커피 줄까? 우리 믹스밖에 없는데 괜찮지?"

커피가 담긴 종이컵을 받아들고 앉아 가게 내부를 둘러봤다. 낡은 스툴 몇 개와 붉은 조명. 벽면 전체를 차지한 거울에 생활감이 묻어나는 식기들. 그리고 속옷이 다 보일 만큼 짧은 치마에 다리를 꼬고 앉아 나를 위아래로 훑어보던 '이모'.

당시 이 개월 차 수습기자였던 내가 잔뜩 움츠린 어깨를 하고 앉아 있던 그곳은 천호동 423번지, '천호동 텍사스' 안의 한 가게였다. 천호동 텍사스는 한때 청량리 588, 미아리 텍사스와 함께 성업했던 서울의 3대 성매매 업소 집결지로 얼마 남지 않은 '집창촌'이었다. 그러나 2003년 천호동과 텍사스촌을 포함한 일대가 뉴타운 사업 지구 대상으로 선정되면서, 한때 이백여 개 업소가 성행했던 천호동 텍사스는 이제 마흔일곱 곳만이 남아 영업을 하고 있었다.

얼마 뒤면 역사 속으로 완전히 사라질 풍경을 직접 목격하고, 그곳에 머물렀던 사람들의 목소리를 기록할 마지막 기회라는 생각에 나는 선배에게 "취재 다녀오겠습니다" 한마디만 남긴 채 무작정 그곳으로 향했다. 막상 '청소년접근금지구역'이라는 안내문 앞에 서자 덜컥 겁이 났다. 청소년이 아닌데도 '접근금지'라는 위협에 그냥 발길을 돌리고 싶었다. 성 구매자일 리는 없는 낯선 이방인을 향해 경계하는 시선이 쏟아졌다. 취재는커녕 눈도 못 마주쳐보고 돌아가겠구나 하는 생각에 기운이 쑥 빠지고 있던 때, "일 구해?" 라는 목소리가 나를 잡아끌었다. 그때부터 거짓말이 시작됐다.

"저는 스물두 살 미연이고요. 고향은 전남 순천, 서울에는 일을 구하러 왔어요. 부모님은 안 계시고, 돈을 벌고 싶어요."

입에서 거짓말이 술술 새어나왔다. 경계를 푼 이모가 내게 선뜻 장부를 펼쳐 보여주었다.

"미연아 이것 봐. 여기선 네가 열심히만 하면 돈 벌 수 있어. 십오 분에 팔만원, 삼십 분에 십이만원, 사십 분에 십육만원이야. 오빠가 단골이 되면 너랑 껴안고만 있어도 돈 줄 수 있어. 이모 무리해서 일 안 시켜. 괜히 무리했다 거기 상처 나면 장사 오래 못해. 여기 있는 언니들 십 년 넘게 일했어. 다 너처럼 집에 돈 보내주려고 일 시작한 언니들이야. 그래서 하루에 십만원짜리 적금 꼭 들라고 이모가 그래. 얼른 돈 벌어서 여기 떠야지."

이모는 몇 번이나 내 등을 쓸어내렸다. 나는 이미 기자라고 털어놓을 타이밍을 놓쳤고, 그저 고개를 주억거리며 종이컵 입구를 물어뜯고 있을 수밖에 없었다. "그런데 여기 곧 철거될 거라는 얘기가 있던데요. 그러면 다들 어디로 가는 거예요?" 겨우 꺼낸 질문에는 "그거? 어차피 한참 걸려. 우린 걱정 안 해"라는 태연한 대답이 돌아올 뿐이었다. 그렇게 한참을 이모 얘기를 듣고 있는데 유리문 너머 남자들 몇몇이 안쪽을 힐끔거리는 것이 느껴졌다. 나는 "생각해보고 다시 올게요"라는 말을 끝으로 겨우 자리에서 일어났다. 낯선 숫자들의 조합으로 이뤄진 가짜 전화번호를 남기고.

청소년접근금지 플래카드가 걸려 있던 입구까지 배웅 나온 이모가 내 손을 잡으며 말했다. "미연아 꼭 와. 기다릴게." 멀어지는 입구 앞, 쇠락한 풍경 속에 서 있을 이모가 내 뒷모습을 오랫동안 응시하는 것이 등으로 느껴졌다.

그곳으로 향했던 것은 일종의 치기였을 것이다. 신입 기자라면 이런 곳도 가봐야지 하는, 호기심과 무모함이 뒤섞인 용기가 내 등을 떠밀었을 것이다. 하지만 그때 내게 진짜 필요했던 것은 호기심과 무모함이 아니라 솔직함이었을 것이다. 거짓말로는 절대 볼 수 없는, 진실한 얼굴을 마주할 용기. 그리고 그에 앞서 나 역시 솔직해질 용기.

기자가 된 뒤 당황했던 것 중 하나가 기사에는 거짓말을 쓸 수 없다는 사실이었다. 소설을 습작할 때는 얼마든지 허용되고 때로는 권장되는 과장과 비약이 기사에서는 결코 허용되지 않았다. 통계를 다루든 누군가의 삶을 경유하든, 기사는 기본적으로 진실만을 이야기해야 했다. 이 대원칙이 가끔은 족쇄처럼 느껴졌다. 진실이 생각보다 초라하거나 시시할 때도 많았고 계획했던 '야마'에 들어맞지 않을 때도 있었다. 애초에 어떤 것이 진짜 '진실'인지 알 수 없기도 해서, 결국엔 누구의 말을 믿을 것인지 선택하는 일에 불과하기도 했다.

제보자들은 A씨, B씨라는 익명 뒤에 숨을 수라도 있지만 기자는 익명 뒤에 숨을 수도 없었다. 내 이름을 기사의 진실을 보장하는 담보로 써야만 했다. 혹시라도 기사가 일말의 거짓이라도 담고 있다는 게 밝혀지면 비난은 당연히 이름을 내건 사람이 오롯이 감당해야 했다. 거짓과 호도, 조작과 비방. 제보에는 그런 불순물이 섞여 있었고, 그걸 걸러내고 판별해내는 것도 이름을 내건 사람의 몫이었다. 그 책임이 지나치게 무겁다고 생각한 적도 있었다.

하지만 그게 바로 기자의 거의 유일한 권리라 할 수 있는 '묻고 들을 권리'에 따르는 책임이었다. 부끄럽지만 이 개월 차 풋내기 기자였던 한소범은 그걸 알지 못했다. 그때 내가 '미연'이라는 가짜 이름 뒤에 숨지 않았더라면, '한소범'이라는 내 진짜 이름을 밝혔더라면, 그러면 뭔가가 달라졌을까? '이모'와 '언니들'을 다시 만날 수도 있었을까? 그런 생각을 하게 된 것은 아주 나중이다.

2018년 12월 22일 천호동 423번지 한 2층 건물에서 불이 났다. 철거 예정이었던 낡은 건물은 쉽게 타올랐다. 난방비를 아끼기 위해 쓰던 연탄난로에서 시작된 불은 1층 업소 내부를 완전히 태우고 십육 분 만에 꺼졌다. 대피로로 사용됐어야 할 비상구는 적치물 때문에 제 기능을 하지 못했고, 밤낮이 바뀐 생활 패턴으로 수면제를 먹고 잠들었던 여성들은 미처 현장을 빠져나오지 못했다. 2층 합숙소에 있던 여섯 명 중 세 명이 화재 직후 숨졌고 또다른 한 명이 이후 악화된 병세에 시달리다 세상을 떠났다.

'성매매 여성들' '피해자들'로 명명된 사건 기사들을 읽으며, 정작 나 역시 그때 이모의 이름은 묻지 못했다는 것을 깨달았다. 서로의 이름을 묻고 답하는 일은 내가 당신을 기억하겠다는, 최소한 기억하려고 노력하겠다는 약속인데, 내게는 떠올릴 수 있는 이름이 아무것도 없었다. 후회는 늘 한발 늦고, 나는 이제 겨우 솔직해질 용기를 낸다. 이모, 사실 제 진짜 이름은 미연이가 아니고 소범이에요. 이모의 이름은 무엇인가요?

누구의 후예도 아닌 그냥 한소범입니다

2019년 1월, 문화부의 문학 담당 기자로 발령받았다. 그 전에는 사회부 사건팀에서 일했다. 서울의 주요 경찰서를 주요 출입처로 드는 사건기자는 늘 사회적 관심이 높은 사건 현장의 한가운데 있어야 했다. 사건기자가 쓰는 기사의 주어는 주로 '피해자' '가해자' '사상자' '생존자'였고, 술어는 '밝혀졌다' '드러났다' '파악됐다' '숨졌다'였다. 화재 현장을 쫓아다니느라 일 년 내내 매캐한 냄새가 옷에 들러붙어 있었고 사건 발생 지역을 이름 앞에 붙인 각종 살인사건 기사를 써야 했다.

그래서 문학 담당 기자로 발령받았을 때 나는 안도했다.

더이상 세상의 속도를 따라잡으려 허둥댈 필요가 없을 것 같았기 때문이다. 하지만 이곳에서 나는 다른 것에 걸려 넘어졌다. '김훈'이라는 이름이었다.

문학작품을 창조하는 일이 시인, 작가의 일에 속한다면, 문학을 탄생시킨 현장—그 지리적 배경과 시대적 상황—을 이해하고 보존하는 일은 문화의 향수자인 우리 모두의 기쁜 책임이기도 하다. 전국에 흩어져 있는 소중한 명작의 본적지를 찾아 창조적 기쁨을 함께 나누면서, 그 문화의 원형을 복원, 보존, 재창조하는 길을 구상해본다.

1986년 5월부터 1987년 8월까지, 다시 1988년 10월부터 1989년 5월까지 총 85회에 걸쳐 한국일보에 연재됐던 '문학기행—명작의 무대'의 시작을 알리는 편집자 주다. 박경리의 『토지』 무대가 된 경남 하동 평사리부터, 「무진기행」 속 가상 공간 '무진'의 배경이 된 전남 순천만, 조정래 『태백산맥』의 배경인 벌교까지. 당시 구 년 차 출판 담당 기자였던 박래부와 십삼 년 차 문학 담당 기자였던 김훈이 전국 방방곡곡을 직접 답사하며 그린 '한국문학 지도'로, 훗날 책으로도 엮여 큰 사랑을 받았다.

그리고 나로 말할 것 같으면, 문학기행이 연재됐던 당시에는 태어날 계획조차 없었고 1991년에 세상의 빛을 봤다. 1997년에 한글을 뗐으며 이후로도 한참이 지난 이후에야 겨우 이 문학기행에 소개된 작품들을 읽을 수 있었다. 한국일보의 기자가 된 것도 그로부터 한참 뒤다. 그런데 문학기행이 연재될 당시에는 존재하지도 않았던 사람이 훗날 그 문학기행을 쓴 이들의 '후예'가 되기도 하는 것이다.

2019년 한국일보 문학 담당 기자가 되었을 때 나는 고작 입사 사 년 차였다. 입사 사 년 차가 문학 담당이 된 것은 회사 내에서 꽤나 깜짝 사건이었다. 한국일보 역사상 최연소 문학 담당 아니겠느냐는 소리도 나왔다. 굳이 '나이'가 화제가 된 것은 취재 대상인 '문학'의 상징성 탓이었다. 문학에 대한 기사는 결국 '글에 대한 글'일 수밖에 없었고, 취재 대상과의 비교가 숙명일 수밖에 없었다. 취재 대상과의 힘겨루기에 지지 않기 위해서라도 내공이 상당한 기자가 맡아야 한다는 합의가 내심 있는 것이다. 그런데 이런 풋내기가, 햇병아리가, 조무래기가, 뭐가 됐든 아무리 봐도 의심되는 것투성이인 사 년 차가 문학 담당 기자라니. 좋게 보면 파격이고 누군가가 보기엔 모험이었다.

물론 사회에서 문학의 위용이, 문학 기자의 위엄이 예전과 같진 않다. 문학이 사회의 거울이었고, 시대의 나침반이었고, 유일한 오락거리였던 것도 다 옛날얘기였다. 누가 문학 담당 기자가 되든 실은 아무도 관심 없을 것이다. 어쩌면 그래서 내가 되었는지도 몰랐다. 그런데도 나 혼자만큼은 '김훈'이라는 거대한 위엄에 주눅들어 있었다. 취재 현장에서 한국일보의 새로운 문학 담당 기자라고 소개할 때마다 등뒤에서 김훈 작가가 팔짱을 끼고 내려다보고 있는 듯했고, 상대방의 '아하' 하는 평범한 추임새도 '그래 얼마나 잘하는지 보자'라는 엄포로 들려 어깨가 움츠러들었다. 앞선 선배들의 기사를 보면 어떻게 해도 내가 충분하지 않다는 생각이 들었고 내가 쓰는 모든 기사들이 그 명성에 누를 끼치는 민폐처럼 느껴졌다.

무엇보다 가장 빈번하게 내 발목을 잡았던 것은 다른 누구도 아닌 나 자신의 의심이었다. 쓸모에 대한 의심. 모두가 자기 자리에서 자기 몫의 일을 해내고 있는데 나만 무용한 일을 거듭하고 있는 건 아닌지에 대한 끈질긴 의심. 나는 충분히 기사이지도 충분히 문학이지도 못한 그 어딘가에서 표류하고 있는 것 같았다. 동경하는 작가들처럼 미학적으로 완성도 높은 문장이나 카타르시스를 자아내는 이야기를 지을 수 있는 것도 아니었다. 공부를 아주 많이 해서

끝없는 각주를 달 수 있는 평론가들처럼 똑똑한 것도 아니었다. 그렇다고 사회 그늘진 자리를 조명하고 습한 비리를 적발하고, 그렇게 기사를 통해 세상을 더 나은 곳으로 만들어가는 동료 기자들만큼 훌륭한 기자인 것도 아니었다. 몸담고 있는 곳은 언론사인데 쓰는 것들은 문학에 빚지고 있는 까닭에, 그 어느 곳에서도 내 일의 정체성을 찾을 수가 없었다.

그러나 남들과 충분히 닮지 않았다는 사실이 결코 내가 충분하지 않다는 말과 동일하지 않다는 것을, 어떻게 하면 내가 더 나아질 수 있는지에 대한 답은 오로지 나에게만 묻고 얻어낼 수 있다는 것을 의외로 한 가수가 알려주었다.

〈싱어게인〉이라는 오디션 프로그램에 출연한 싱어송라이터 이승윤은 무대를 하기에 앞서 이렇게 말한다. “저는 어디서나 애매한 사람이었거든요. 충분히 예술적이지도 충분히 대중적이지도 않고. 충분히 록도 아니고 충분히 포크도 아니고. 그래서 제가 살아남는 거, 약간의 환대를 받는 거. 이런 게 어리둥절했습니다. (……) 제가 애매한 경계에 있는 사람이기 때문에 오히려 대변할 수 있지 않을까? 이런 생각을 했습니다.” 이후 그는 산울림의 〈내 마음의 주단을 깔고〉를 오로지 자신만이 할 수 있는 방식으로 노래한

후 결국 최종 우승자가 된다.

누구와도 닮지 않았고 어느 쪽으로도 충분하지 않기 때문에 결국 나는 충분히 '나 자신'일 수 있는 것이다. 그 아주 작은 자신감을 쇠똥구리처럼 굴리고 굴리다보면, 언젠가는 나만 할 수 있는 얘기도 찾아질 것이다.

사실 이 이야기의 끝은 생각보다 싱겁다. 이미 잘 알려져 있듯 김훈 '기자'는 한국일보를 그만두고 "한국문학에 벼락처럼 쏟아진 축복"(동인문학상 심사평)이라는 수식과 함께 『칼의 노래』 『남한산성』 『자전거 여행』 등의 베스트셀러를 낸 소설가가 됐다. 이제는 기자보다는 소설가로 더 알려진 김훈 작가를 한 기자 간담회 자리에서 실제로 만날 기회가 있었다. 회사 선배들의 추억담에서나 등장하던 그 '김훈'을 실제로 만난다고 생각하자 기대와 동시에 두려움이 몰려왔다.

막상 '한국일보 문학 기자'라는 소개가 찍힌 명함을 내밀었을 때, 나를 바라보는 작가의 눈 어디에서도 과한 기대나 꾸짖음을 찾아볼 수 없었다. 두려움은 오로지 내 상상 속에서만 존재할 뿐이었다. 사인받기 위해 내 뒤에 줄지어 기다리던 사람들의 재촉이 느껴졌다. 작가를 만나면 내놓으리라 다짐했던 멘트는 하나도 말하지 못하고 나는 그냥 인파 속으로 다시 섞여들어갔다. 그러자 작가와 나 사이에 잠시 존재했던 연결고리도 싱겁게 끊어졌다. 그뿐이었다. 나는 그냥 내가 할 수 있는 것을 하면 됐다. 나는 누구의 후예가 될 필요가 없었고, 그냥 한소범이면 충분했다.

좋아하는 일이 직업이 되면

그날은 육 개월간의 수습기자 생활을 무사히 잘 끝마친 것을 축하하는 자리였다. 소맥 폭탄주와 함께 덕담이 오고 갔고, 나를 비롯해 고된 수습 기간의 터널을 통과한 동기들의 얼굴은 취기인지 후련함인지 모를 이유로 상기돼 있었다. 건너편 자리의 선배들 중 누군가가 그간의 소회와 앞으로의 다짐에 대해 물었다. "어떤 기자가 되고 싶니?" 저는 정책 부서에 가서 교육 정책 취재를 해보고 싶습니다. 저는 노동 현장 르포를 써보고 싶습니다. 정치부에 가서 정치인들을 취재해보고 싶습니다. 동기들은 한 명씩 돌아가며 자리에서 일어나 앞으로 어떤 기사를 쓰고 싶고, 어떤 기자가 되고 싶은지 저마다의 포부를 밝혔다.

나는 내 차례를 기다리며 수습 기간 동안 취재를 하며 만났던 사람들의 얼굴을 하나씩 떠올렸다. 잘은 모르지만, 그들의 얼굴 속에 내가 쓰고 싶은 이야기가 있을 것이라고 생각했다. 그리고 드디어 내가 말할 차례가 되었고, 나는 내가 어떤 기자가 되고 싶은지 결국 말하지 못했다. 내가 미처 말하기도 전에 누군가 "너는 문화부 지망하겠네?"라고 했고 뒤이어 또다른 누군가가 "근데 재는 팩트를 소설처럼 쓰라니까, 소설을 팩트처럼 쓰던데?"라고 덧붙였기 때문이다. 사실을 실감나게 써야 할 텐데, 없는 걸 있는 것처럼 쓴다는 의미였을 것이다.

그 말을 듣는 순간, 나는 '소설을 팩트처럼 쓰는 애'라는 평가가 이후에도 오랫동안 내 발목을 붙잡으리라는 것을 짐작했다. 그날 내가 어떤 부서에 가겠다고 말했는지는 잘 기억나지 않는다. 다만 절대 먼저 문화부만은 지망하지 않겠다고 다짐했던 것은 기억난다. 지금 생각하면 그건 '좋아하는 일'이 직업이 되었을 때 겪게 될 일들의 전조였다.

문화부에 가겠다고 손들지 않았어도, 나는 결국 문화부 기자가 됐다. 그리고 좋아하는 일이 직업이 되었을 때 겪게 될 일들을 전부 겪었다.

첫째, 문학은 내 가능성인 동시에 내 한계가 됐다. 나는 흔히 문학이라는 단어에 덧씌워진 편견들이 전부 내 것이 되었음을 깨달았다. 이성적이기보단 감상적이고, 팩트를 촘촘히 채우는 것보단 상상력을 발휘하는 데 능하고, 명쾌하고 군더더기 없는 문장보다는 미사여구가 빽빽한 문장을 좋아할 게 분명하리라는 편견들. 나는 쉽게 오해받았지만 그렇다고 그게 완전히 오해만은 아니라서 발끈하며 정정하지도 못했다. 문학에 대해 잘 아는 사람이라는 소개가, 문학만 아는 사람이라는 말로 들렸다. 곡해할 것이 하나도 없는 칭찬 앞에서도 괜히 경계했다. 평판은 허황됐고 비난만이 날카롭게 나를 찔렀다. 명백한 자격지심이었다.

둘째, 아무리 일이 고단해도 "넌 그래도 좋아하는 일 하고 있잖아"라는 말 앞에서는 늘 꼬리를 내려야 했다. 여행 작가, 공연 기획자, 영화평론가, 미술감독처럼 문화 예술 계통 종사자들이라면 흔히 맞닥뜨리는 '넌 그래도 재미있는 거 하잖아' 공격을 나 역시 피해 갈 순 없었다. 특히 독서가 업무와 취미의 영역에 걸쳐 있는 까닭에 밤낮없이, 책은 단 한 줄도 읽고 싶지 않은 때조차도 책을 읽어야 하는 일의 고충은 설득되지 않았다. 물론 대개의 사람은 바쁜 일상 가운데 잠시 숨 돌릴 틈을 마련한 후에나 누릴 수 있는 것들을 일과 시간에 접하면서 그것으로 월급도 받으니 '일 같지 않은 일'로 받아들여지는 것도 이해가 안 되는 것은 아니다. 하지만 그렇다고 해서 회사에서 책을 읽고 있으면 나로선 분명히 취재 활동을 하고 있는 건데도 꼭 뒤에서 "한소범 팔자 좋네"라고 한마디씩 하며 지나가는 부장의 핀잔까지 아무렇지 않은 것은 아니었다.

마지막으로, 좋아하는 일이 직업이 된다는 것은 그 좋아하는 대상의 알고 싶지 않았던 점, 영영 모르고 싶었던 것, 몰랐으면 좋았을 얘기까지 알게 된다는 것을 의미했다. 나는 평범한 독자였을 때는 몰랐을 것들을 알게 되었다. 성폭력, 표절, 불공정 관행, 대필, 창작 윤리 위반, 비아냥, 시기, 질투, 비방. 이 바닥은 반할 이유만큼이나 미워할 이유도 많았다. 그리고 나는 불가피하게 이 모든 것들의 속내를 알게 됐고 때로는 내부자로 얽혀들었다. 무엇보다 그것들을 '논란'이라는 단어로 뭉쳐서 얘기해야만 하는 것이 괴로웠다. 그중엔 명백한 악의도 공교로운 오해도 바보 같은 실수도 있었지만, 기사에서 그것들은 대부분 '논란'으로 일축됐다. 하지만 그런 뭉툭한 단어로 일축하기에 나는 논란의 당사자들을 너무 깊이 그리고 많이 알고 있었다. 기자들은 논란 이후의 삶이 어떻게 이어졌는지에 대해서는 쓰지 않는다. 책임이 없기 때문이다. 하지만 나는 어쩔 수 없이 그 논란에 책임을 느꼈다.

그랬기에, 결국 도망치지 못한 것 역시 무책임하고 싶지 않았기 때문이다. 아무리 부정해도 내가 문학으로부터 수혜를 입었고, 문학 덕에 깨쳤고, 심지어 문학으로 돈까지 벌고 있다는 사실을 없던 일로 할 수는 없었다. 그런 내가 문학의 허물을 보게 되었다고 해서 모른 체하고 도망간다면 열여섯 살의 나에게 부끄러울 것 같았다.

중학교 3학년, 태어나서 처음으로 '필사'란 걸 해봤다. 도서관에서 빌려본 『1996년 제20회 이상문학상 수상작품집』에 실린 성석제 작가의 단편소설 「첫사랑」이었다. 가슴이 울렁거리면서도 벅차오르게 만드는 그 소설이 나는 너무나도 '갖고' 싶었다. 그렇다고 그 소설 하나만을 갖기 위해서 책 한 권을 통째로 사는 것은 조금 손해처럼 여겨졌다. 그래서 문구점에서 사백원짜리 유선 노트를 하나 산 뒤 소설의 문장을 적어내려가기 시작했다.

> 우리는 서로 멀리 떨어져서 도는 행성과 같았다. 너는 슬픔에 잠겨 네 맘대로 했고 나는 시름에 겨워 내 마음대로 했다. (……) 네가 천천히 다가왔다. 너를 보는 게 마지막이라는 느

낌이 든 건 왜였을까.*

도서관 대출을 몇 번이나 연장해가면서 쉬는 시간과 점심시간에 틈틈이 소설을 필사해나갔다. 물론 복사를 맡겼다면 단 몇 분 만에 끝났을 일이다. 하지만 소설의 첫 문장부터 마지막 문장까지, 책과 노트를 번갈아 보면서, 소리 내 읽으면서 따라 쓰고 나자 비로소 이 소설을 '가졌다'는 느낌이 들었다. 너무 좋아하면, 그걸 더 좋아하기 위해 감수해야 하는 수고로움 따위는 아무것도 아닌 것처럼 느껴진다는 걸 그때 처음 알았다. 그게 아마도 문학을 향한 나의 '첫사랑'이었을 것이다.

이후 나는 내가 외로웠던 순간에, 내가 가난했던 순간에, 내가 아무것도 아니던 순간에, 내가 바보 같았던 순간에 내가 그동안 읽어온 문장으로부터 위로받았다. 김애란의 소설이 내 가난한 이십대의 증인이었다. 김연수의 소설이 내 미숙한 청춘의 알리바이였다. 나는 상처를 입히는 세상의 많은 일들 앞에서 최선을 다해 문장을 생각했다. 어디선가 보았고 밑줄을 그었고 자기 전에 곱씹었던 문장들

* 성석제, 「첫사랑」, 윤대녕 외, 『1996년 제20회 이상문학상 수상작품집』, 문학사상사, 1996, 217~218쪽.

을. 그러면 그곳이 내가 도망칠 곳이 되어주고, 도망칠 곳이 있다는 상상만으로도 위안이 됐다.

허물까지 사랑하기는 힘들었다. 그래서 차라리 미워하겠다고 생각했다. 그리고 어쩌면 그것이야말로 좋아하는 마음의 본질일지도 모른다. 사랑해서 미워하는. 사랑하지만 미워하는. 사랑하는데도 미워하는. 그럼에도 결국에는 미워하면서도 사랑할 수밖에 없는. 내가 문학을 좋아하는 것이 부끄럽지 않았으면 해서, 문학이 더 나은 무엇이기를 바라는 마음으로 끈질기게 변화를 지켜보는 것. 그것이 사랑하는 사람의 태도라는 것을 가르쳐준 것도 결국엔 문학이었다.

자격지심으로부터 완전히 자유로워진 것은 아니다. 나는 지금도 나에게 문학이 어떤 의미인지 설명하는 것이 어렵게 느껴진다. 독자로서 문학을 사랑하는 것과 별개로 기자로서 문학을 나의 정체성으로 삼는 것에는 어쩐지 방어적인 태도를 취하게 될 때가 있다. 그러다 또 어느 날은, 그래도 나는 세상의 여러 아름다움 중에 문학이라는 아름다움 하나를 발견했고 누렸지, 그걸로도 족하지, 싶어진다. 세상이 나를 알아주거나 알아주지 않거나 아무 상관 없이, 내가 세상의 일에 어리숙해서 배반을 당해도, 나에게는 문학이 있다. 그게 얼마나 다행인가, 하고 생각한다.

책 천국인 줄 알았더니 책 지옥

하루에 세상에 새롭게 태어나는 책은 몇 권이나 될까? 대한출판문화협회의 『한국출판연감』에 따르면 2020년 일 년 동안의 신간 발행 종수는 65,792종이다. 이걸 365일로 나누면 하루에 대략 180권/종의 책이 출간된다는 계산이 나온다. 이중 독립 출판물이나 수험 서적, 참고서나 교재 같은 것을 제외하고 문학, 경제·경영, 인문·사회, 과학·기술, 아동·청소년, 만화 분야의 책들이 언론사에 릴리스된다.

나 역시 처음에는 마냥 흥분했다. 책을 '공짜로' 그것도 아직 서점 매대에 깔리기도 전에 가장 먼저 읽어볼 수 있다니. 책 좋아하는 사람에게 이보다 더 큰 호사는 없는 것 같았다. 문학 출판 담당 기자로 대행업체에 등록되고 출판사로부터 '한소범 기자님께'라고 수신인이 적힌 책 소포를 처음 받았을 때는, 내가 전생에 책과 관련된 무슨 덕을 쌓아도 단단히 쌓았으리라고 생각했다. 그렇지 않고서야 이런 '덕업일치'라니! 물론 단단히 착각했었다는 건 곧 깨달았지만.

세상에 새로 태어난 180권 중 절반 남짓일 100권 내외의 책들이 매일 회사에 배송되어 온다. 이중 70퍼센트 정도가 출판 담당 기자 앞으로 오는 것이고 나머지 20~30권 내외가 문학 담당 기자의 앞으로 오는 책들이다. 나의 주요 일과는 책을 읽고 글을 쓰는 것에 앞서 이 책들의 소포를 일일이 뜯는 것이다. 나중에야 3M 장갑을 끼고 신속 정확하게 소포를 뜯을 수 있게 됐지만 처음에는 빳빳한 종이에 베인 상처가 손에서 가시질 않았다.

한국일보의 경우 매주 금요일 자 신문의 두 개 면이 책 소개 코너로 꾸려진다. 기사마다 분량은 제각각이지만 이 코너를 통해 소개할 수 있는 책은 열 권 내외다. 한 주간 쏟아진 수십 수백 권의 신간 도서 중 이 코너를 통해 소개할 만한 책을 고르는데, 책을 고르는 데만도 상당한 시간이 소요됐다. 저자의 이름만 보고도 좋은 책을 판별해내는 감식안이 내게 있었더라면 좋았겠지만 그렇지 못해서, 출판사가 공들여 작성한 보도 자료를 읽고 판단할 수밖에 없다. 여기에 시의성, 완성도, 대중성 등을 고려하고 마지막으로 기자의 취향까지 버무려 내가 기사로 쓸 딱 한 권의 책을 골라야 한다. 물론 마지막까지도 이 선택이 과연 맞는 선택일지 아닐지 고심하고, 정말 훌륭한 책이 있는데 내가 알아보지 못해서 신문 독자들에게 소개할 기회를 놓쳐 버리는 것은 아닌지 번민한다. 매주 딱 맞는 한 권의 책을 만나기란, 소개팅에서 꼭 맞는 상대방을 만나는 일만큼 어렵다.

그렇게 해서 겨우 만난 한 권의 책을, 정작 공들여 천천히 알아갈 시간은 주어지지 않는다. 출판사들이 언론사로 신간 도서를 보내는 월요일부터 수요일 낮까지의 시간을 책을 고르는 데 쓰고 나면, 정작 책을 읽고 기사를 쓸 시간은 이후 목요일 오후까지 약 스무 시간 남짓밖에 남지 않는다. 밥 먹고 잠자고 세수하는 등 사람답게 살기 위해 필요한 시간을 제외하면(물론 정말 급한 마감 때는 이중 몇 개를 건너뛰기도 한다) 책을 읽고 기사를 쓸 시간은 최대 열 시간 내외다. 이 마지막 열 시간이 한 주 동안 단 한 권의 책과 만나기 위한 숨가쁜 여정의 마지막 단계가 된다. 그렇게 긴

박한 만남이 종료되고 나면, 다음주에 그리고 그다음주에 그리고 또 다음주에…… 매주 이 과정이 반복된다. 어느 하나에 오래 마음을 줄 수도, 여운을 즐길 새도 없이 매주 새 책과 만났다 헤어지는 것이다.

이렇게 일주일만 되어도 책상 주변에 새롭게 쌓이는 책이 100권은 훌쩍 넘어갔다. 그러나 이 100여 권의 책 중 내가 기사를 통해 소개할 수 있는 책은 딱 한 권이었다. 즉, 기사화되는 한 권을 제외하고 나머지 99권이 읽지도 못한 채 그저 쌓여가기만 한다는 뜻이었다. 다음주에 또 새롭게 도착할 책을 위해서라도 이 책들은 자리를 비켜줘야만 했기에 일주일에 한 번씩 99권의 책들을 떠나보낼 수밖에 없었다.

처음에는 책 천국이라고 생각했던 곳은 알고 보니 책 지옥이었다. 만일 내가 지옥에 떨어지게 된다면 그곳은 내가 '선택하지 않고 버린' 책들의 원망을 듣는 곳일 게 분명했다. 그곳에서는 '나의 진가를 못 알아본 걸 두고두고 후회하게 만들어주마'라는 책들의 원망이 메아리칠 것만 같았다. 책은 많이 가진다고 좋은 것이 결코 아니었다. 애초에 읽을 생각이 없던 책을 어쩌다 잠시 갖게 되고, 그 책의 존재감을 의식하고, 그럼에도 불구하고 읽을 자신이 없어서 결국엔 외면하게 되는 일들은 굳이 겪지 않았어도 좋을 과정이었다.

물론 그중엔 책보다 나무에게 미안해지는 책들도 분명 있었다. 세상에 꼭 나와야만 했을까 싶은 책들도, 솔직히 적다고는 할 수 없다. 그런가 하면 만듦새와는 별개로 너무 꿥진하고 너무 세부적이고 너무 두껍고 너무 비싸고 너무 많은 공이 들어가서 도대체 이걸 누가 사서 볼까 싶은 책들도 있다. 귀하게 만들어진 책인 것을 알겠지만, 너무 귀해서 책을 만든 출판사가 과연 책으로 돈 벌 생각이 있기는 한 것인지 의심되는 그런 책들. 하지만 이러나저러나, 이 모든 책들 역시 다른 여타의 책들과 같은 탄생 비화를 갖고 있다. 바로 '이 책을 내고 싶다'는 누군가의 간절한 소망이 바탕이 되었다는 것이다. 그건 저자일 수도 편집자일 수도 있었지만, 아무튼 책이란 건 결국 누군가가 '굳이' 만들고자 하지 않았다면 결코 자연 발생적으로는 만들어질 수 없는, 전적으로 인간의 소망이 바탕이 되어 탄생하는 무엇이었다. 그리고 누군가의 소망이 거기에 담겨 있다는 걸 생각하면 생각할수록 나는 점점 더 괴로워졌다.

더욱 괴로운 것은 책을 만든 편집자들의 메일을 받을 때였다. 내가 아는 한 출판 편집자들은 메일을 가장 잘 쓰는 사람들이다. '한소범 기자님께'로 시작해 '꼭 한번 살펴주시길 바랍니다'로 끝맺는 편집자들의 메일은 "이 편지는 영국에서 최초로 시작되어……"라고 말하는 행운의 편지보다도 더 읽는 이로 하여금 불안하고 초조하게 만드는 힘이 있었다. 이 책이 왜 중요한지, 왜 꼭 소개되어야 하는지, 그리고 작가와 편집자에게 어떤 의미인지에 대해 매우 설득력 있으면서도 절절하게 써내려간 메일을 읽다보면 설득되지 않을 도리가 없었다.

가까이에서 지켜본 결과 좋아하지 않으면 도저히 할 수 없는 일이 책 만드는 일 같았다. 물론 일이라는 게 대부분 그렇듯 벅차고 보람된 순간만큼이나 치사하고 더러워서 못 해먹겠다 싶은 순간도 많겠지만, 그런 마음조차도 완성된 책 앞에서는 눈 녹듯 사라지는 것처럼 보였다. 편집자들은 저자조차 상상하지 못했을 이야기의 가능성을 발견하고 그들을 구슬려서 책으로 만들어내는 사람들, 날것 상태인 전문가의 지식을 조리해 먹기 좋은 형태로 만들어 세상에 내놓는 사람들, 눈 밝고 꼼꼼하고 집요한 사람들, 그리고 자기 일을 사랑하는 사람들이었다. 일을 지나치게 숭고한 무언가로 포장하는 것은 그 일을 오히려 노동 그 자체로 바라보지 못하게 만든다고 생각해 지양하려 하지만, 편집자들에 대해 말할 때만큼은 나는 그들의 대단함을 과장하고 싶어진다. 왜냐하면 나는 이들에게 빚진 것이 많으니까. 편집자들이 자신의 최선을 다해 만들어 보내준 책들을 나는 어떤 때는 단 한 줄도 끝까지 읽지 못하고 다시 내보낸다. 그저 네모반듯한 종이에 가득 적혀 있는 활자로만 생각하면 그건 아무것도 아니지만, 만든 사람들을 생각하면 그건 결코 아무것도 아닌 것일 수 없다. 그러니 내 하루가 이백사십 시간쯤 돼서 세상에 태어나는 책들을 전부 다 읽을 수 있는 게 아닌 이상, 이 일을 하는 동안 나는 늘 죄책감에 시달릴 수밖에 없다.

그래서 나는 답장이라도 하려고 노력한다. 수신인의 이름만 바꾼 채 보내는 단체 홍보 메일인 걸 알면서도 답장을 한다. "귀하게 만드신 책 감사히 읽겠습니다." 읽겠다는 그 약속을 설사 못 지킨다 하더라도 답장만은 하려고 한다. 그게 내가 미처 읽지 못한 책들에 대해 지킬 수 있는 마지막 예의라고 생각하기 때문이다.

여전히 내가 '독자'이기만 했어도 좋았을 때를 떠올린다. 서점을 맘껏 활보하며 궁금했던 신간을 들춰보고, 여러 권을 장바구니에 일단 담아두었다가 계산대 앞에 서면 이걸 전부 다 살 순 없으니 매우 신중하게 살 책만 골라내던 과정을. 그때의 습관은 지금도 완전히 사라지진 않아서 이상하게도 릴리스를 통해 이미 받아본 책인데도 서점 매대에서 발견하면 마치 낯선 책처럼 느껴지면서 사고 싶은 충동이 든다. 회사에 돌아가면 책상에 얌전히 쌓여 있을 게 분명한 책인데도. 언젠가 문학 기자를 그만두게 된다면 조급함과 죄책감 없이 실컷 읽고 싶은 책들만, 아주 입맛대로, 제멋대로 편식하며 읽고야 말겠다고 다짐한다. 다만 그전까지는 겸허한 마음으로, 나를 찾아온 이 책들을 있는 힘껏 환대하는 수밖에 없으리라.

독서의 달인?

즐겨보는 방송 중 〈생활의 달인〉이라는 시사 교양 프로그램이 있다. 소개에 따르자면 '수십 년간 한 분야에 종사하며 부단한 열정과 노력으로 달인의 경지에 이르게 된 사람들'을 취재하는 다큐멘터리 프로인데, 평생을 통해 자기 분야의 최고가 된 '달인'들이 남들은 따라 할 수도 없는 속도와 정확도로 저마다의 기술을 펼치는 걸 보고 있자면 말 그대로 입이 떡 벌어진다.

달인까지는 아니더라도 한 분야에 오래 종사한 이들에게는 모두 저마다의 노하우와 기술이 있다. 그런 기술에는 애송이들은 아무래도 따라잡을 수 없는 은은한 기품과 카리스마가 깃들어 있다. 텔레비전을 보다가 문득, 뭐가 됐든 나도 죽을 때 딱 하나 제대로 알거나 익힌 기술이 있다면 좋겠다는 생각이 들었다. 그렇다면 죽기 직전 이번 생에 이거 하나는 제대로 해냈지, 하는 만족감으로 입가에 미소를 띤 채 이승을 하직할 수 있을 것 같아서다.

물론 그런 달인들에 비할 바는 아니지만 나 역시 읽는 일에 대해서만큼은 나름의 노하우가 있다. 직업인으로 종사한 지는 얼마 되지 않지만 독서인으로 살아온 세월이 어언 이십 년에 달하기 때문이다.

자전거를 배우려면 어떻게 해야 할까? 일단 자전거를 타야 할 것이다. 그런 다음 기우뚱거리고 고꾸라지길 반복하며 앞으로 나가는 법을 터득해야 할 것이다. 그런데 자전거를 배우기 위해 자전거 책부터 왕창 읽고 보는 사람이 있다면……? 그게 바로 나였다. 스무 살에 겨우 두발자전거를 탈 수 있게 되었는데 자전거를 배워야겠다고 결심한 뒤 도서관에서 자전거의 작동 원리를 다룬 책을 왕창 빌려 봤다.

자동차도 마찬가지였다. 서른 살이 돼서야 여러 차례의 도전 끝에 운전면허를 땄는데 마찬가지로 서점에서 자동차의 모든 것을 다룬 책을 왕창 사들인 뒤에야 가능했다. 새로운 것을 배우는 일은 늘 어려웠고, 남들보다 한발 늦은 것에 위축됐고, 그래서 가장 친숙한 책을 통해 두려움을 조금씩 줄여나가는 것이 나만의 방식이었다. 책은 나 같은 겁쟁이가 세계와 맞닥뜨릴 수 있게 해주는 거의 유일한 통로였다. 그러면서 자연히 책을 읽는 근력이 길러졌고, 그렇게 천천히 단련해온 기초 체력 덕에 일주일에 서너 권, 일 년에 200권 남짓의 책을 읽어야 하는 직업 독서인으로서의 일도 그럭저럭 해나갈 수 있게 됐다.

사실 직업 독서가라고 해도 온종일 앉아서 책만 읽을 수 있는 것은 아니다. 사람도 만나고 기사도 쓰는 도중에 틈틈이 책을 읽어야 한다. 때문에 최대한 효율적으로 많은 책을 읽을 수 있는 길을 찾게 되는데, 그때 유용한 방법이 바로 여러 권의 책을 동시에 읽는 것이다. 독서가 어렵다고 말하는 사람 중 대다수가 책 한 권을 오랫동안 붙잡고 끙끙대는 경우가 많다. 한 권을 '정독'하고 '완독'해야만 완벽한 독서 행위라고 믿기 때문에 오히려 독서의 진입 장벽을 높게 설정한다. 그러다보니 매번 앞부분만 반복해 읽는 일이 발생하기도 하고, 독서를 포기하거나 나아가서는 책 읽기 자체에 흥미를 잃는다. 이런 이들에게도 추천하는 독서 방법이 바로 동시에 여러 권을 읽는 것이다. 이를 위해서는 약간의 설계와 전술이 필요한데, 바로 T(Time) P(Place)

O(Occasion) 독서법이다. 시간과 장소와 상황을 고려해 손 닿는 모든 곳에 적절한 책을 배치해둠으로써 자연스럽게 책을 집어들도록 하는 전략이다.

예를 들어, 침대 머리맡에는 절대 추리소설을 둬선 안 된다. 너무 흥미진진한 나머지 오히려 수면을 방해할 수 있기 때문이다. 이런 곳에는 절대 하룻밤 사이에 독파가 불가능할 '벽돌 책'을 두는 것이 좋다. 애초에 '끝까지 다 읽고 잘 거야'라는 목표 자체가 설정 불가능하기 때문에, 오히려 적당히 읽다가 잠들지 뭐 하는 가벼운 마음을 먹을 수 있다. 『클라이브 폰팅의 세계사』 시리즈나 유발 하라리의 『사피엔스』, 칼 세이건의 『코스모스』 같은 책은 심지어 숙면으로 이끄는 친절한 안내자 역할까지 해준다.

앉아서 읽기 시작했다가 결국엔 눕게 되는 소파 근처에는 에세이를 두는 것을 추천한다. 에세이는 좀 늘어진 자세에서 읽어야 가벼운 흐름에 몸을 맡길 수 있다. 화장실도 빼놓을 수 없는 독서 공간 중 하나다. 사실 화장실만큼 온갖 것들이 잘 읽히는 곳도 없다. 오죽하면 샴푸 성분까지 읽게 되는 게 화장실이다. 다만 너무 오래 화장실에 머무는 건 변비의 지름길일 수 있으니, 적당히 치고 빠질 수 있는 책이 좋다. 이럴 때 유용한 게 시집이다. 화장실에 시집을 두면 지루한 시간도 아름다운 시를 몇 편이나 읽을 수 있는 귀한 시간으로 바뀐다. 마지막으로 책상에는 보다 집중해서 읽어야 할 책들을 둔다. 내 경우 보통은 소설이다. 밑줄도 그어가며 '정독'을 하기 위해서는 아무래도 정자세가 필요하기 때문이다.

사실 이런 것을 다 제쳐두고 결국 가장 중요한 건 책을 두려워하거나 부담스러워하지 않는 마음이다. 책은 우리에게 넘어야 하는 허들도, 도달해야 하는 목표도 아니니까. 지레 겁먹을 필요도 부담 가질 필요도 없다. 그저 책의 표지만 살펴봐도 독서 행위 중 일부라고 생각해도 되는 것이다.

'넷플릭스 증후군'이라는 말이 있다. 너무 많은 선택지로 인해 실제 넷플릭스에서 콘텐츠를 보는 시간보다 무엇을 볼지 결정하는 데 더 많은 시간을 쏟게 되는 현상을 일컫는다고 한다. 그러나 한편 생각해보면 무엇을 볼지 탐구하는 이 시간 역시 그저 허공에 날려버리는 시간만은 아니다. 오, 이 배우가 이런 영화를 찍었구나, 요새는 이런 이야기가 유행이구나, 이 감독 전작은 뭐가 있지? 선택지의 바다에 몸을 맡긴 채 주변에 떠다니는 정보들을 구경하는 것도 모두 나만의 취향을 파악하고 차곡차곡 정리해가는 과정의 일부다.

독서도 다르지 않다. 돌이켜보면 책을 읽는 것만큼이나 내가 사랑했던 것은 도서관이나 서점에 가서 책등을 손으로 쓸어보고, 그중 어떤 것은 책장에서 꺼내 펼쳐보기도 하고, 그렇게 구경한 것들을 바탕으로 나중에 읽고 싶은 것의 목록을 작성하는 일련의 과정이었다. 책의 바다에서 여유롭게 유영하며 나만의 취향을 만들어가는 과정 모두가 독서였고, 그런 과정으로서의 독서를 나는 사랑했다. 중학교 때부터는 읽고 싶은 책과 영화의 목록을 적어두는 노트를 마련했고, 그것들에 하나씩 읽음과 봄 표시를 해나가는 것이 나만의 중요한 의례였다. 독서와 영화 기록 애플리케이션이 생긴 뒤로는 그 앱에 모두 옮겨두었다. '보고 싶어요' 목록은 '봤어요' 목록만큼이나 내 귀한 자산이었다.

몇 해 전 세상을 떠난 일본의 저널리스트이자 논픽션 작가 겸 평론가 다치바나 다카시 선생은 진정한 '독서의 달인'이었다. 그는 생전 "관심 있는 분야는 최소 열 권의 책은 읽어야 한다"라는 지론에 따라 20만 권에 달하는 책을 보유했던 장서가이자 애서가였다. 『다치바나 다카시의 서재』 『나는 이런 책을 읽어 왔다』 등 책에 관해 쓴 베스트셀러만도 잔뜩이다. 그런데 생각해보면, 하루에 한 권씩 읽는다 해도 칠십 년 동안 읽을 수 있는 책은 약 25,550권밖에 되지 않는다. 다치바나 선생이 물리적으로 다른 시간의 법칙을 적용받은 게 아닌 이상 그에게도 책을 읽을 시간은 유한했을 것이다. 답은 하나다. 다치바나 선생도 어떤 책은 표지만 읽었을 것이다. 그렇다면 '잘 읽다 간 사람'으로 죽고 싶은 내 꿈도 영영 요원하지만은 않을지 모르겠다.

역세권 말고 도세권에 삽니다

지금 살고 있는 후암동 전셋집은 도보 삼 분 거리에 용산도서관이, 칠 분 거리에 남산도서관이 있다. 일주일에 한 번 정도는 퇴근길에 남산도서관에 들러 책을 빌리기도 하고, 휴일에는 도서관 구석자리에서 책을 잔뜩 쌓아놓고 마구잡이로 읽기도 한다. 이때의 핵심은 '마구잡이'다. 책을 '정독'하겠다는 결심은 하기 어렵지만 한번 펼쳐보기만 하는 데는 큰 결심이 필요하지 않기 때문이다. 서가를 돌며 궁금했지만 선뜻 읽기는 망설여졌던 책들을 뽑아온 뒤에 이리저리 들춰보는 것이 도서관 독서의 핵심이다.

백색소음 역할을 하는 사람들의 대화 소리나 잔잔한 음

악이 없는 도서관에서 책을 읽다보면 무조건 잠이 쏟아지게 되는데, 그런 순간 찾아오는 잠은 절대 거부하지 않는다. 도서관에서 엎드려 자는 잠은 꿀잠일 확률이 높기 때문이다. 평소 코를 고는 습관이 없다면 도서관에서 보낸 세 시간 중 한 시간을 잠에 썼다 해도 괜찮다. 도서관은 그런 곳이니까. 비용을 지불하지 않았음에도 눈치보지 않고 시간을 낭비해도 되는 공간. 내가 고객일 필요 없는 공간. 그리하여 늘 이방인일 것만 같던 서울에서 내가 비로소 거주민임을 실감하게 해주는 공간.

십삼 년 전 처음 상경했을 때 가장 놀랐던 것은 서울에 너무 많은 집들이 있고, 이 집들이 다 누군가의 소유라는 사실이었다. 그리고 당연히 그중에 내 집은 없었다. 늘 남의 집을 빌려 잠시 거처해야만 했고 그마저도 집이라 부르기 옹색한 공간이었다. 다니던 대학교 쪽문 인근에 얻은 다섯 평짜리 옥탑방은 겨울이 되면 화장실 변기가 얼었다. 사직동 반지하 원룸은 여름이면 습기로 장판 아래 물이 고였다. 연신내 투룸 오피스텔은 밤마다 창문 너머로 술 취한 사람들이 길가에 가래침 뱉는 소리가 다 들렸다. 좁고, 더러웠고, 지하철역과 거리는 있었지만 그럭저럭 괜찮았다. 근처에 도서관이 있었기 때문이다.

누군가는 집을 구할 때 대중교통이 가까운 '역세권'을 선호할 테고, 누군가에게는 편의점이 가까운 '편세권'이 관심일 것이다. 자녀가 있는 학부모에게는 학교가 가까운 '학세권'이 중요할 것이다. 나에게는 '도세권' 즉 '도서관세권'인지가 중요했다. 서울에서 이사를 다닐 때마다 나는 옮겨갈 집 근처에 도서관이 있는지부터 살폈다. 대학교 근처 옥탑방은 당연히 대학 도서관이 코앞이었고 이십 분을 걸어가면 정독도서관이 있었다. 사직동 반지하 원룸은 엎어지면 코 닿을 데에 종로도서관이 있었고 날씨가 좋을 땐 걸어서 이십오 분 거리에 있는 이진아기념도서관에 갔다. 교통사고로 세상을 일찍 떠난 딸 이진아씨를 위해 아버지가 사재를 들여 만든 도서관이다. 연신내 투룸 오피스텔 근처에는 은평구립도서관이 있었는데 고대 신전 같은 건물 뒤로 울창한 북한산이 멋진 곳이었다.

공공도서관은 단순히 책을 빌려주는 곳에 그치지 않았다. 집의 화장실 변기가 얼 정도로 추운 날에도, 전기세가 걱정돼 에어컨을 맘껏 틀지 못할 때도 도서관으로 도망갔다. 도서관은 적정 온도와 습도가 늘 일정하게 유지됐다. 그곳에서는 더위나 추위에 떨지 않아도 됐다. 도서관은 소음으로부터 자유로울 수 있는 곳이기도 했다. 취객의 고성

방가가 수시로 침입하던 집에 살 때도 자주 도서관에 갔다. 책장 넘기는 소리가 ASMR처럼 나를 편안한 쪽잠으로 인도했다. 한숨 자고 일어나 배가 고플 때면 도서관 구내식당을 찾아갔다. 외식 물가가 널뛰기를 할 때도 도서관 구내식당은 여전히 사천오백원을 내면 매일 바뀌는 반찬의 백반을 먹을 수 있는 곳이었다. 누가 뭐래도 내게 남산의 진짜 돈가스 원조 맛집은 남산도서관의 육천오백원짜리 오므라이스 돈가스다. 정갈한 오므라이스 위에 올라간 돈가스 한 줄이면 나는 그 어떤 미식가가 부럽지 않았다.

얼마 전에는 남산도서관에서 책을 읽다 문득 대부분의 공공도서관이 멋진 경치를 볼 수 있는 곳에 지어졌다는 것을 깨달았다. 내가 가장 좋아하는 남산도서관의 4층 인문사회과학 자료실에서는 바깥 풍경이 왈칵 쏟아지는 커다란 창문이 있다. 그 창문으로 초록색과 붉은색, 흰색으로 물드는 남산의 계절 변화를 다 볼 수 있다. 멋진 풍경마저 많은 비용을 지불해야지만 누릴 수 있게 된 요즘 같은 때 공공도서관은 지식도 풍경도 평등하게 내주는 몇 안 되는 공간이기도 하다.

물론 공공도서관이 멋진 '경치'를 갖게 된 데에 이런 낭만적인 이유만 있는 건 아니다. 서울의 비싼 땅값을 피해

산으로 향하다보니 그 부산물로 경치가 따라온 셈인 경우가 많다. 때문에 이런 멋진 경치는 또다른 측면에서는 나쁜 접근성을 의미하기도 한다. 도서관이 노인과 장애인을 포함한 모든 약자들이 이용 가능해야 하는 문화시설이어야 한다는 점을 생각하면 많은 공공도서관이 산자락에 지어진 것은 오히려 개선되어야 할 지점이기도 하다.

공공도서관에 대한 자료를 찾으며 또하나 새롭게 알게 된 사실 중 하나가 바로 공공도서관이 한때는 '입관료'를 내야만 입장이 가능한 유료 시설이었다는 점이다. 도서관이 지금처럼 무료 시설로 바뀐 건 1992년 3월 16일 도서관 진흥법 시행령 조례가 시행되면서부터다. 공공도서관 운동에 힘쓴 여러 사람의 노력 덕분에 이용자가 자유롭게 서가를 드나드는 개가제가 자리잡았고 자유로운 관외 대출도 보편화될 수 있었다.

문화체육관광부가 한국도서관협회와 함께 발표한 2021 전국 공공도서관 통계조사 결과에 따르면 지역 주민들의 공공도서관 접근성은 꾸준히 향상되고 있다고 한다. 특히 코로나19로 대부분의 문화시설이 휴관중일 때에도 공공도서관은 택배 대출, 우편 대출, 승차 대출, 무인 대출 등의 비대면 서비스를 신속히 개발해 끊김 없는 도서관 서비스를 제

공할 수 있었다. 덕분에 2020년 1일 평균 대출 권수는 62만 9,553권으로 2019년 대비 38퍼센트나 증가했다. 만남은 끊기고, 소외된 사람들은 점점 더 소외되었던 코로나19 상황 속에서도 공공도서관만큼은 자신의 역할을 톡톡히 해냈다. 아마 덕분에 어딘가의 어린이는 도서관 덕분에 좀 덜 외로울 수 있었을 테고, 어떤 어른은 도서관 덕분에 단절된 시간을 버틸 힘을 얻었을지 모른다. 도서관은 우리를 고립에서 구해내고 연결한다.

공공도서관이 나에게 내준 것이 책뿐만은 아니었다. 지식과 안전하고 쾌적한 공간과 맛있고 저렴한 밥과 무엇보다 소속감을 내주었다.

서울에서 집은 거처이기만 한 것이 아니라 재산이기도 하다. 매일같이 뉴스에서는 어느 동네 부동산 가격이 오르고 떨어졌다는 얘기가 나온다. 서울 땅에 아무것도 소유한 것이 없는 나는 그 뉴스를 남의 나라 얘기처럼 듣는다. 소유한 것이 없으니 집값이 올랐다는 소식에 기뻐할 일도 없지만, 집값이 떨어졌다는 소식에 실망할 일도 없다. 여전히 나는 서울에 집이 없고, 아마도 몇 년 뒤면 이 후암동 집도 떠나야 할 것이다. 집 없이 떠돌아도 나는 이 도시의 이방인이 아니다. 어느 곳에서건 늘 너른 품으로 나를 맞아주는 도서관이 있기 때문이다.

2022년은 남산도서관 백 주년을 맞는 해였다. 지난 백 년간, 아낌없이 내어주는 넉넉한 도서관의 품에서 많은 사람이 쉬었다 갔을 것이다. 투기와 소유의 욕망으로 넘실거리는 이 도시에 여전히 도서관의 자리가 있다는 것을 생각하면 안도감이 든다. 외롭고 가난했던 내가 위로받았던 것처럼, 많은 사람들이 그러할 것이라고 생각하면. 덕분에 이 도시에서 나는 배제되지만은 않았다.

'성덕'이 되었습니다

2011년, 프라하에서 베를린으로 향하는 기차 안에서 나는 김연수 작가에 대해 생각하고 있었다. 더 정확히 말하자면, 김연수의 장편소설 『네가 누구든 얼마나 외롭든』 속 문장에 대해 생각하고 있었다. 예를 들어 이런 문장.

"어둠이 서서히 내리는 저녁이에요. 동쪽 하늘은 파랗고 거기로 별이 떠올라요. 하지만 서쪽을 보면, 아직 빛이 남아 있는 거죠. 요즘 베를린의 밤처럼 말이에요. 밤이 깊었는데도 사라지지 않는 빛. 모든 게 끝이 난다고 해도 인생은 조금 더 계속되리라는, 그런 느낌."*

1991년, 대학생인 주인공이 방북 학생 예비 대표 자격으로 독일로 가게 되면서 벌어지는 이야기를 그린 이 책을 첫 유럽 여행에 들고 온 것은 다분히 계획적이었다. 책 속의 시간적 배경과 2011년 사이에는 아득히 먼 간극이 존재했지만 그런 것은 크게 중요하지 않았다. 독일의 각종 명소와 최신 맛집 정보를 담은 가이드북보다 이 한 권의 책이 나에게는 독일에 대해 알게 하고, 독일에 녹아들도록 도와주는 데 더 적합했다. 그만큼 이십대 초반의 나는 김연수 작가가 직조한 세계에 완전히 빠져 있었다.

이전까지는 어떤 대상을 진득하게 좋아해본 적이 없었다. 드라마를 보며 어떤 배우에 빠져들었다가도 드라마가 끝나면 금세 흥미가 식었다. 학창시절엔 친구들이 모두 책상에 동방신기를 비롯해 좋아하는 아이돌 사진을 코팅해 붙여놓았을 때에도 나 홀로 깨끗한 책상을 유지했다. 그러던 스무 살의 어느 날 김연수 작가의 책을 읽으면서 나는 최초로 어떤 대상의 열렬한 신봉자가 되는 경험을 하게 되었다.

---

* 김연수, 『네가 누구든 얼마나 외롭든』, 문학동네, 2007, 377~378쪽.

왜 하필 김연수 작가였는가 하면, 내게 필요했던 것을 주었기 때문이다. 나를 둘러싼 세계를 설명할 언어가 내게 있지 않아서 느끼던 답답함을 해소해주었기 때문이다. 나는 내 이십대를 설명해줄 다른 누군가의 언어가 필요했고 거기에 가장 적합했던 것이 김연수 작가의 글이었다.

예를 들어, 누구보다 이해하고 싶은 존재를 향한 '이해할 수 없음'이라는 난제를 김연수 작가의 중편소설 「다시 한 달을 가서 설산을 넘으면」을 통해 이해했다. (그리고 한동안 이 작품의 마지막 페이지를 찍은 사진을 싸이월드 프로필 사진으로 해두었다.) 하고많은 자기계발서가 어쩐지 내 진짜 청춘을 모독하는 것처럼 느껴질 때, 김연수 작가가 쓴 『청춘의 문장들』을 읽으며 해소했다. 불가해한 세계에 대한 답을 김연수 작가가 쓴 문장 안에서 찾을 수 있었고, 그 문장으로 말미암아 나의 미래에 대해서도 어렴풋이 예감해볼 수 있었다.

이십대 초반 내 책상 앞 벽에는 김연수 작가의 책에서 발췌한 문장을 적어둔 포스트잇이 빼곡히 붙어 있었다. 그 문장들에 의지해 이십대의 한 시절을 통과해 나왔다. 그러니, 십 년쯤 뒤에 한 행사장에서 김연수 작가와 사회자와 출연자로 만나게 됐을 때 나는 마치 전생의 은인을 만나기라도 한 것 같은 기분이었다.

문학소녀였는데, 문학 기자가 되었다? 이 말인즉슨 한때 내가 동경했던 작가들을 직접 만나볼 수 있는 기회가 생긴다는 뜻이다. 만나다 뿐일까, 당신의 책이 나에게 어떤 영향을 끼쳤는지 고백할 수 있고, 나아가 작가에게 묻고 싶었던 것들도 물어볼 수 있다. 물론 '취재'의 일환으로. 만일 문학 기자라는 직업에 대한 일말의 환상이 어딘가에 존재한다면 그중 상당 부분이 바로 이 지점에 해당할 것이다.

처음에는 살짝 흥분했던 것도 사실이다. 이름만으로도 우와! 하는 감탄사가 나오는 국내외 작가들을 실제로 만나는 자리에서는 흥분을 감추고 태연한 척하느라 애쓰기도 했다. 물론 그런 흥분 상태는 오래가지 않았지만.

당연히 예상할 수 있게도 '성덕(성공한 덕후)'이 되는 것이 꼭 두 팔 벌려 환영할 일인 것만은 아니다. 여러 가지 이유가 있겠지만 무엇보다 작가라는 존재가 작품을 통해 상상했던 모습과 꼭 들어맞을 수만은 없기 때문이다. 작가를 알게 되는 일은 오히려 작품을 오로지 작품으로 받아들이는 데 방해가 되기도 했다.

인터뷰를 통해서든 혹은 업계 누군가의 인상비평을 통해서든, 작품만으로는 파악하기 힘든 작가들의 또다른 모습을 알게 될 때가 많았다. 작가도 평범한 한 명의 인간이다보니 그런 '카더라'가 당연히 이상적인 내용일 수만은 없었다. 물론 작품만큼이나 강건하고 멋진 모습을 만날 때도 많았지만, 동시에 외롭고 약하고, 때로는 악하기도 한 모습을 알게 될 때는 어쩐지 쓸쓸한 기분이 들기도 했다. 이 작품이 작가의 어떤 시간을 갉아먹고 나온 결과물인지를 자꾸 떠올리게 돼서 독서가 즐겁지 않았다.

두번째 이유는, 내가 더이상 소녀 팬이 아니고, 책임감과 사명감을 양어깨에 짊어진 기자라는 사실 때문이다. 귀한 지면을 사심으로 채울 수는 없었다. 내가 궁금한 것보다 독자가 궁금한 것들을 물어볼 수 있어야 했다. 가장 낮은 자리에 있는 이들부터 가장 높은 자리에 있는 이들까지, 권력자부터 약자까지, 이 모든 이들과 동등한 위치에 서서 그들에게 물어야 할 것들을 묻는 게 이 직업의 소명이었다. 양볼을 붉히며 사인을 요청하고 싶은 마음은 잠시 미뤄두고 때로는 맞은편에 앉아 있는 사람을 불편하게 만들 수도 있는 질문을 할 수 있어야 했다. 그래서 어느 순간부터 작가를 만나도 최대한 의연하게 행동하려 했다. 특수한 경우를 제외하면 인터뷰가 끝나고 사인 요청도 거의 하지 않았다.

그런데 일과 마음이 그렇게 무 자르듯 잘라낼 수 있는 것은 아니었다. 이 역시 사람의 일인지라, 어떤 작가와는 반복적으로 만나게 되고, 그러다보면 사적인 친분이 생기기도 했다. 작품과는 별개로 그저 그 사람을 좋아하게 되기도 한다. 이동진 영화평론가는 감독과의 사적인 친분을 만들지 않는다고 한다. 나쁜 작품도 나쁘다고 말할 수 있어야 하는 평론가로서 직업적인 엄정함을 위해서라고 했다. 그런데 나는 어떻게 해도 그럴 수가 없었다. 나는 작가들이 좋았다. 작가를 좋아하는 이런 내가 기자로서 자격 미달인 것은 아닐까 의심하기도 했다. 맘놓고 좋아할 수 없는 일이 괴롭다는 것을 그때 알게 되었다.

그 의심을 지우게 해준 것도 김연수 작가였다. 행사가 끝나고 열린 뒤풀이 자리에서, 김연수 작가는 내가 썼던 팬레터를 갖고 있다고 알려주었다. 모든 팬레터를 다 기억하는 것은 아니지만, 내 경우 이름이 특이해서 기억한다고 했다. 아마도 이십대 초반의 내가 썼을, 내용은커녕 썼다는 사실조차 나는 잊고 있던 그 팬레터를 작가가 갖고 있었다. 도대체 뭐라고 썼더냐고 물어봤지만 김연수 작가는 그저 희미하게 웃을 뿐이었다. 아마 그 자리에서 팬레터의 내용까지 밝혀졌더라면 나는 부끄러움으로 자리를 박차고 나가야 했을지도 모르니, 그 사태를 방지하려는 배려였을 것이다.

그날 밤 집으로 돌아오며 어쩌면 이 쑥스러운 일화가 내 출발을 알려주고, 지금의 내가 서 있는 자리도 설명해주는지 모르겠다고 생각했다. 나는 문학을 좋아했고, 그래서 작가를 좋아했다. 그 힘으로 열심히 읽었다. 좋아하지 않았더라면 불가능했을 열렬함이었다.

작가들을 좋아하는 마음은 일을 하는 동안에도 나의 큰 자산이었다. 좋아하는 일을 직업으로 삼으면 더이상 그 일을 좋아할 수 없다고들 하지만, 나는 여전히 이 일이 좋았다. 좋아해서 잘 쓰고 싶었고, 좋아해서 잘 보이고 싶었다. 그래서 열심히 했다. 좋아하는 마음은 결코 부끄러운 것이 될 수 없었다. 설사 그게 직업이 된다 하더라도 마찬가지였다.

너무 좋은 작품을 읽은 어느 날 아침에, 그걸 쓴 작가에게 '좋은 작품 써주셔서 감사해요'라고 문자를 보낼 수 있게 되어서 기쁘다. 그리고 작가들 역시 그 말을 필요로 하는 사람들이라는 사실을 이 일을 하며 알게 되었다. 그걸 알게 된 이후에도 나는 여전히 그들의 팬이다.

박지리에 대해 말하자면

문학 기자라고 밝힐 경우 흔히 받게 되는 질문 두 개가 있다. "오, 그럼 제일 좋아하는 작품은 뭐예요?" "가장 좋아하는 작가가 누구예요?"

질문의 의도가 무척 단순하다는 것을 알면서도 당연히 쉽게 대답할 수 없는데, 일단 '좋아하다'라는 말에 너무 많은 의미가 포함되기 때문이다. 취향은 아니지만 대단하다고 생각하는 작품, 남들한테 공공연하게 말하긴 좀 껄끄럽지만 소중하게 생각하는 작품 모두 넓게는 '좋아하는 작품'의 범주에 포함된다. 좋아하는 작가 역시 지금은 더이상 좋아하지 않지만 살면서 지대한 영향을 받은 작가, 최근

들어 새롭게 관심이 생기기 시작한 작가들 전부 '좋아하는 작가'라고 말할 수 있다.

이런 사정을 일일이 말할 순 없으니 나름대로 기간을 좁혀 최근에 가장 흥미롭게 읽은 작가와 작품에 대해 말하는데, 이 경우에도 문제가 있다. 마치 세트처럼 다음 질문이 이어지기 때문이다. "그 작품이 왜 좋은가요?" "왜 그 작가를 가장 좋아하나요?" 여기서부터는 상황이 복잡해진다. 상대방이 원하는 간결한 대답이 준비돼 있지 않기 때문이다. 보통 이런 대화는 서로 잘 모르는 상태에서 이뤄지는데, 캐주얼한 질문과 대답으로 이어나가기에 나는 하고 싶은 말이 너무 많고, 초면에 작가론이나 작품론은 별로 적합하지 않기 때문이다.

게다가 세상에 흥미진진한 작품과 훌륭한 작가들이 이렇게나 많은데 그중 '딱 하나'만 꼽으라고 하는 것은 내 입장에서는 다소 가혹한 일처럼 느껴지기도 한다. 이 작가는 이런 이유로 좋고, 저 작가는 저런 이유로 좋고, 이 작품은 이런 이유로 재미있고, 저 작품은 저런 이유로 재미있는 게 문학이니까.

그럼에도 불구하고 어떤 작가에 대해 길게 얘기해도 되는 기회가 주어진다면 한 번쯤은 꼭 길게 얘기하고 싶은 작가가 있었다. 박지리다.

이런 상상을 한번 해보자. 끝내주게 멋진 작품을 읽게 됐는데 작가에게 이렇게 멋진 걸 써줘서 고맙다고 말할 수 없는 상황을. 더불어 작가의 새로운 작품도 더는 읽을 수 없다는 사실까지 알게 된 상황을. 내 독서가 너무 늦게 도착한 탓에, 작가의 이승에서의 짧은 생이 이미 마무리된 뒤라는 사실을 알게 됐을 때의 슬픔에 대해. 박지리 작가에 대해 말하자면 나는 이 슬픔에 관해 얘기하지 않을 수 없다.

박지리 작가는 2010년 스물다섯 살에 제8회 사계절문학상 대상을 받으며 등단했다. 『맨홀』 『양춘단 대학탐방기』 『다윈 영의 악의 기원』 등을 출간했고, 칠 년간 일곱 권의 책이 될 작품을 쏟아냈다. 그리고 2016년 『다윈 영의 악의 기원』을 남기고 만 서른한 살의 나이에 스스로 생을 마감했다.

내가 『다윈 영의 악의 기원』을 읽은 건 그로부터 일 년이 지난 2017년의 일이다. 출간 직후도 아니었고, 가볍게 접근하기엔 무려 856쪽에 달하는 이 묵직한 책을 읽기로 결심한 것은 우연히 본 짧은 기사 때문이었다. 김태희 사계절 기획편집부 편집장이 『시사IN』(2017년 522호)에 기고한

「박지리를 모르면 땅을 치고 후회하지」라는 칼럼이었다. 『다윈 영의 악의 기원』을 비롯해 박지리 작가의 모든 작품의 담당 편집자였던 김 편집장은 칼럼에서 이렇게 쓴다. "아직 못 읽어본 사람이라면 나중에 땅을 치고 후회할지도 모른다. 박지리의 모든 작품이 그렇다. 평생 자신이 쓰고 싶은 글만 쓰며 살게 해주고 싶었던 내 꿈은 이제 사라졌다. 하지만 나는 영원한 박지리 '빠순이'다."

스스로를 '박지리 빠순이'라고 말하는 이 편집자의 설득에 기꺼이 넘어간 끝에 펼친 이 책 856쪽을 주말 내내, 해가 지고 다시 뜰 때까지 단 한 번도 멈추지 못하고 읽었다. 마지막 페이지를 덮었을 때 뒤통수를 한 대 세게 얻어맞은 것 같았다. 삼대에 걸쳐 내려온 악의 기원을 추적한 이 작품에 대해서는 잘 요약-설명할 자신이 없다. 대신 꼭 한번 읽어보시라고 말할 수밖에 없다.

결과적으로, '박지리를 모르면 땅을 치고 후회할 것'이라는 김 편집장의 말은 틀렸다. 책을 읽고, 박지리를 알고 난 뒤에도 나는 땅을 치고 후회했으니까. 놀랍고 대단한 작품을 만났다는 환희는 잠시였다. 책을 읽기 전에도 이미 알고 있던, 작가가 이미 세상을 떠났다는 사실을 떠올리자 이내 아쉬움과 함께 자책이 밀려들었다. 작가의 신작을 더이상 만나볼 수 없으리라는 아쉬움, 그리고 왜 이 작품을 미리 알아보지 못했을까, 왜 미리 고맙다는 말을 하지 못했을까 하는 자책이었다. 그 말이 있었더라면 작가가 우리 곁에 남아 오래오래 더 많은 작품을 써주지 않았을까? 내 힘으로 막을 수 없는 일이라는 걸 알면서도 그런 후회를 했다.

이 년 뒤 문학 담당 기자가 되어 사계절출판사에서 '박지리문학상'이 만들어진다는 소식을 접했을 때 드디어 독자인 나에게도 할 수 있는 일이 생겼다는 생각에 이루 말할 수 없이 기뻤다. 냉큼 김태희 편집장과의 인터뷰 약속을 잡았다. 이전에도 이후에도 수없이 많은 인터뷰를 했지만 내게도 오랫동안 잊을 수 없는 인터뷰가 됐다. 인터뷰이와 인터뷰어 모두 아이처럼 엉엉 울고 마는 인터뷰는 흔하지 않으니까.

김 편집장과는 그날 처음 보는 사이였음에도 불구하고 어쩐지 서로를 아주 잘 이해할 수 있을 것만 같았는데, 그건 우리가 같은 작가를 사랑했고, 그래서 그 작가에게 빚진 마음을 갖게 됐다는 공통점이 있었기 때문이다. 물론 작가의 탄생부터 지켜봐온, 가장 첫번째 독자인 담당 편집자의 빚진 마음이란 도저히 내가 비할 바가 아니었다. 김 편집장은 박지리 작가의 데뷔작인 『합★체』를 처음 본 순간부터 천재가 나타났다고 확신했고, 이후 '박지리 알리기'를 자신의 목표로 삼았다고 했다. 다음 책인 『양춘단 대학 탐방기』를 낼 때는 편집자 생활 이십 년 만에 처음으로 문학 담당 기자들에게 일일이 손 편지까지 썼다고 했다. 너무 좋은 작가니까 제발 좀 알아달라는 절박함이 그렇게 하도록 했다. 그랬던 작가가 세상을 떠났을 때, 처음 일 년 동안은 죽음 자체를 믿기 힘들어서 매일같이 메일함을 뒤졌다고 했다. "생전에 앞에 나서는 걸 싫어했으니까, 어쩌면 죽은 척하고 어디에선가 이름을 바꾸고 살고 있지 않을까, 그러면 나한테만큼은 메일로 알려주지 않을까 싶어서요." 트위터에 박지리봇을 직접 운영하고 글 청탁이 들어오면 박지리 이야기를 어떻게든 집어넣었다고 했다. 그렇게 집어넣은 글 중의 하나가 뒤늦게 나에게 도착한 셈이었다.

김 편집장은 이렇게 말했다.

"한국출판문화상 수상 때, 뮤지컬 제작 발표회 때도 제가 불려다니니까 원망도 되더라고요. '네가 없으니 내가 이런 자리까지 나와야 하잖아' 속으로 그랬어요. 그런데 박지리를 알릴 사람이 나밖에 없으니까요. 편집자로서 박지리를 알게 됐으니까, 그게 내 영광이기도 하니까, 그런 마음으로 합니다."

(……) 과연 이게 작가가 원하는 일인지, 끊임없이 기도로 물었다. 이제는 그냥 작가 역시 좋아하리라 믿기로 했다. 박지리란 이름이 각인돼 그의 작품이 더 오래, 더 널리 읽히기만 한다면야.*

기사가 나간 뒤에, 기사를 읽고 『다윈 영의 악의 기원』을 읽게 됐다는 다른 독자들의 후기를 전해들었다. 비로소 나도 독자로서 내 몫을 다했다는 생각이 들었다.

그날 이후 나는 자기소개를 해야 할 때면 이렇게 말한다. "어릴 때는 작가가 꿈이었고 지금은 성실한 독자가 꿈입니다." 굳이 독자라는 정체성 앞에 '성실'이라는 조건을 단 것은 스스로 그렇게 되고자 애쓰기 때문이다. 이때의 성실함이라는 조건은 단순히 많이 읽는 것에 그치지 않는다. 나에게 독자로서의 책임이 있다는 것을 아는 것이다. 그 책임이란 바로 당신의 작품이 나에게 와서 얼마나 큰 힘이 되었는지 말하고 널리 알리는 일이다. SNS에, 온라인 서점 서평란에, 블로그에, 기사에, 어디라도 흔적을 남기는 것이다. 마음을 아끼지 않는 것, 좋은 것, 사랑하는 것, 고

* 「"요절한 천재작가가 박지리를 만난 건 내 영광이기도 하니까요"」, 한국일보, 2020. 1. 2.

마운 것들에 대해 마음을 마구 낭비하는 것이다. 뒤늦게 도착해 후회해본 경험이 있는 독자로서.

신춘문예의 기쁨과 슬픔

오후 다섯시 사십분. 우체국이 문을 닫기까지 이십 분밖에 남지 않은 시간이었다. 광화문우체국은 워낙에 이용객이 많은 곳이라 대기 시간을 감안하면 촉박했다. 왜 집에서 좀더 일찍 출발하지 않았을까. 아니 왜 애초에 마감 당일까지 원고를 붙잡고 있었을까. '왜 애초에……'로 시작하는 자책의 꼬리를 물다보면 어차피 '왜 애초에 소설을 쓰겠다고 마음을 먹어서'라는 '노답'에 도달할 수밖에 없었다. 그걸 알면서도 '왜'라는 자문을 멈출 수 없는 날, 신춘문예 접수 마감날이었다.

우편 봉투 겉면에 응모 부문과 이름, 연락처와 주소까지

적고 나자 오 분이 남아 있었다. 마지막으로 간절한 기도를 담아서 딱풀을 몇 번이고 덧발랐다. 큰 기대는 하지 말자고 늘 생각하면서도 동시에 이 우편 하나가 내 인생을 바꿔주지 않을까 하는 상상의 유혹을 뿌리치긴 힘들었다. 당선되면 언급할 '고마운 사람'의 목록을 미리 생각해두고, 만약에라도 동시에 여러 출판사에서 출간 제의가 온다면 어떤 곳과 작업할 것인지를 고민했다. (상상은 자유니까!)

물론 상상했던 그런 일들은 하나도 일어나지 않았다. 그로부터 사 년 뒤, 나는 신춘문예 당선 전화를 받는 대신 당선 전화를 돌리는 사람이 됐다. 그것도 마지막으로 나를 무참히 떨어뜨려 소설가의 꿈을 깨끗이 접게 만든 한국일보 문학 담당 기자가 되어서. "원고는 무슨 폰트로 작성하면 될까요?"라는 질문에 "좋아하는 폰트로 하시면 되지 않을까요?"라고 응대하는 처지가 됐으니, 인생은 이토록 예측 불가인 것이다.

신문사 문학 담당 기자의 가장 중요한 업무 중 하나는 바로 신춘문예를 무사히 치러내는 것이다. 매년 1월 1일 자 신문에 새로운 작가들을 탄생시키는 이 신인 공모전은 신문사의 가장 유서 깊은 행사 중 하나다.

신춘문예의 발상지는 원래 일본이다. 한국에서 신춘문

예가 처음 도입된 것은 매일신보로, 1914년 12월 10일 자 3면 중앙에 '신년문예모집'이라고 공모를 낸 것이 시작이다. 이후 1920년대부터 '신춘문예'라는 용어가 널리 쓰였다. 신문사마다 다르겠지만 신춘문예라는 공모전 자체는 무려 백 년의 역사를 가진 셈이다. 현재 중앙 일간지 중에는 한국일보를 비롯해 조선일보, 동아일보, 경향신문, 문화일보, 세계일보, 서울신문이 신춘문예 제도를 유지해오고 있고 이 외에 십여 개 내외의 지방 일간지들 역시 신춘문예를 실시하고 있다.

현상황에서 신춘문예는 신문사에서 할 수 있는 일종의 문학 지원 사업에 가깝다. 한국문학 진흥에 신문사가 왜? 라고 반문할 수도 있겠으나, 여전히 언론은 그런 책임을 질 의무가 있는 존재다. 사회를 더 나은 곳으로 만들기 위한 언론의 '일' 안에, 좋은 작가를 탄생시키는 것도 포함되는 것이다.

오래됐다, 전통이 깊다, 는 말은 종종 '낡았다'라는 평가와 연결될 수밖에 없다. 신춘문예도 예외는 아니다. 오랜 기간 가장 영향력 있는 문예 공모전으로 자리잡아오면서 신춘문예 역시 (당연한) 비판을 받았다. 응모 방법이 번거롭다, 수상작들의 경향이 비슷하다, 심사가 공정하지 않다.

무엇보다 신춘문예에서 비롯하는 이른바 '등단 권력'이 문학장에 해로운 영향을 끼치고 있다는 내용까지. 게다가 신춘문예를 통하지 않고도 독립 출판 등 다양한 경로를 통해 데뷔를 이뤄내는 작가들이 늘어나면서 신춘문예는 더이상 '작가로 향하는 유일한 길'도 아니게 됐다.

물론 나 역시 신춘문예가 작가가 될 유일한 방법이 아니란 것은 알고 있었다. 그럼에도 불구하고 누군가로부터 간절히 '발탁'되고 싶었고, 그 기회로 말미암는 '타이틀'을 얻고 싶었다. 작가 데뷔의 기회를 주지 않은 대신 한국일보는 입사의 기회를 줬다. (입사 지원서를 낸 것 역시 약간의 보복 감정이 섞이기는 했다. 나를 또 떨어뜨릴 셈이야?) 정작 문학 담당 기자가 되어서 보니 신춘문예를 운영함으로써 신문사가 얻는 실익은 거의 없었다. 신문사에게도 사실 신춘문예는 계륵과 비슷하다. 예전만큼의 위상을 갖고 있지도 않고, 오히려 구습이라는 비판에 직면하기도 한다. 독자 유입 효과도 없고 상금과 심사, 행사 등에 드는 운영 비용도 만만치 않다. 무엇보다 신춘문예는 담당 문학 기자의 노동력을 갈아 넣어야만 겨우 유지될 수 있는 행사다. 심사위원을 모셔오고, 응모 기간 쏟아지는 2,000편 남짓의 우편을 응모 부문에 따라 일일이 분류하고, 응모자 정보를 기록하고,

심사를 진행하고, 수상자를 챙기고, 1월 1일 자 신문에 내보낼 수상 작품을 편집하고, 최종적으로 시상식까지 진행해야 한다. 시상식 때 수여되는 상패 문구를 정하는 등의 매우 자잘한 업무들을 끝도 없이 나열할 수 있다. 물론 본인의 원고가 잘 접수됐는지 묻는 문의 전화에 응대하는 것도 신춘문예 기간 주요 업무 중 하나다.

원고를 정리하다보면 각종 이색 원고를 마주치기도 한다. 분류해보자면 이렇다.

① 노트를 그대로 찢어서 보내거나 심지어는 포스트잇에 써서 보내는, A4 한 장도 아까웠던 유형. ② 자신의 얼굴 사진을 첨부하거나 직업을 함께 기재하는, 작품보다는 작자를 내세우는 유형. ③ 혹시라도 심사위원이 자신의 작품을 이해하지 못할까봐 작품만큼이나 긴 해설을 첨부하거나, 미리 당선 소감을 써서 보내는 김칫국 유형. ④ 이 외에 논문과 애정 편지, 사면 요구서 등 문학의 틀을 깨부수는 유형 등. 각종 인간 군상의 집합이라 해도 좋을 정도의 원고가 쏟아지는 걸 보고 있자면 '문학이란 무엇인가'라는 질문이 절로 들면서, 동시에 오래전 절박했던 내가 떠올라 얼굴이 화끈거리기도 한다.

그럼에도 불구하고, 그중 아무것도 허투루 넘겨지지 않

는다. 왜냐면 거기에 담긴 저마다의 절박함을 누구보다 내가 아니까. 봉투에 원고를 넣고 원고가 새나가지 않도록 몇 번이고 딱풀을 덧바르고 마지막에는 작은 기도를 실어 보내는 일련의 과정을 내가 아니까. 그리고 살면서 무언가를 간절히 원하고 바라는 일이 생각보다 자주 벌어지지 않는다는 것까지 이제는 알게 되어서, 한국일보 신춘문예에 응모한 수천 편의 응모작 중 그 어느 것도 가벼이 느껴지지 않는다. 그중 당선의 기쁨을 누리는 사람은 극소수겠지만, 당선의 순간을 상상하는 자유만큼은 모두에게 허락된다는 게 다행처럼 여겨진다. 그런 벅찬 기대 하나쯤은 모두가 품고 살면 좋으니까. 그래서 나는 매번 시상식 때마다 구석에서 기사를 쓰다가 찔끔 운다. 이런 수상 소감을 듣고 있으면, 신춘문예 응모 기간의 그 모든 노동이 아무렇지 않아진다.

머리로는 불가능하다고 생각하면서, 이미 하고 있거나, 할 수밖에 없는 것들이 있습니다. 이해타산을 따지며 막아보려 해도 어쩔 수 없습니다. 그것이 마음이 진짜 가리키는 방향이라고 생각합니다. 바보 같고 무딘 것 같고, 이로울 것 하나 없어 보이는 그것이 사실은, 가장 뾰족했던 것 같습니다. 그 방향을 따라 끝없이 걷다가 이곳에 서 있습니다.*

* 2019년 한국일보 신춘문예 시 부문 당선자 노혜진 시인의 당선 소감에서.

두 개의 삶

기자가 된 뒤에도 한동안 소설을 썼다. 평일 낮에는 기사를 썼고 퇴근한 뒤에는 소설을 쓰려고 안간힘을 썼다. 종일 취재한 기사를 마감하고 나면 해가 저물어 있었다. 일하던 카페에서 짐을 챙겨 녹초가 된 머리와 몸을 이끌고 자정에 마감하는 인근의 다른 카페로 자리를 옮겼다. 소설을 쓰기 위해서였다. 하지만 그때쯤엔 다른 문장을 써낼 기운은 이미 하나도 남아 있지 않았다. 기사를 쓰기 위해 종일 가동되던 머리가 퇴근 시간을 기점으로 소설 쓰는 머리로 간단히 '스위치'되는 것도 아니었다.

제대로 된 소설을 쓸 수 있을 리 없는데도 꾸벅꾸벅 졸음이 쏟아지는 걸 견뎌가며 어떻게든 자정까지 노트북 앞을 지켰다. 잘 쓰든 못 쓰든 상관없이 엉덩이를 붙이고 앉아 있으면 어떻게든 매일 하나씩은 마감하게 되던(혹은 마감해야만 했던) 기사와 달리, 소설은 한 문장도 쓰지 못하는 날이 허다했다. 그렇게 노트북 앞에서 버티다 집에 돌아가는 날이면, 낮에 이미 8매짜리 기사를 썼음에도 불구하고 아무것도 쓰지 못했다는 열패감에 휩싸였다.

주말에는 다른 신문사에서 운영하는 아카데미에 소설 창작 수업을 들으러 갔다. 함께 수업을 듣는 사람들이 각자 평일에 열심히 쓴 작품들을 발표할 때, 나는 아무것도 내놓지 못하는 일이 잦았다. 어쩌다 내 직업이 기자인 것을 알게 된 수업의 사람들은 내가 소설을 써가지 못해도 양해해주었다. "많이 바쁘실 텐데, 소설까지 쓰려면 쉽지 않으시겠어요." 그런 빈말들을 수치심의 방패로 삼았다.

그러던 어느 날 수업이 끝나고 이어진 회식 자리에서 누군가 나를 향해 말했다. "욕심이 많네요. 일도 잘하고 싶고, 소설도 잘 쓰고 싶어요? 그래서는 아무것도 제대로 못 해요." 얼굴이 화끈거렸다. 하지만 명백하게 날 선 그 말이 다 맞아서는 아니었다. 엄밀히 말하자면, 나는 둘 다 잘해내고 싶은 게 아니었다. 둘 다 잘하지 않기 위해 둘 다 원하는 것이었다. 동시에 사랑하는 것으로 어느 것도 사랑하지 않는 것이었다.

나는 그때를, 이를테면 첫사랑을 기다리는 동안 잠시 다른 연애 중인 상태라고 여겼던 것 같다. 그리고 기사를 쓰면서 동시에 소설을 쓰는 건 문학이라는 첫사랑을 기다리는 나만의 자세라고 생각했다. 문학은 아주 어렸을 때부터 만나온 첫사랑이었다. 그런데 그 첫사랑이 기약 없이 멀리 간다며 내게 기다리지 말라고 한다. 그래도 나는 기다린다. 물론 기다림은 힘이 든다. 언제 돌아올지도 모르고, 나이는 들고, 주변에서는 왜 다른 사람을 만나지 않느냐며 닦달한다. 그런데 어느 날 말도 잘 통하고 안정적인 상대가 나타난다. 그도 충분히 매력적이라 첫사랑을 기다리는 동안 한번 만나보기로 한다. 신의를 지킨다는 나 자신과의 약속 말고는 기다림의 강제성도 필연성도 없으니까. 그래도 내심으로는 첫사랑이 돌아오면 지금 상대와 헤어지고 돌아갈 거라고도 생각한다. 지금 곁에 있는 상대를 좋아하면서도 완전히 좋아하는 건 아니라고 계속 거리를 둔다. 하지만 다른 상대에게 돌아가기 위해 잠시 해보는 연애란 게 될 리가 없었다.

소설만 쓰다가 취업할 적절한 시기를 놓칠까봐 두려웠

다. 사랑을 의심하듯 내 재능을 의심했다. 어쩌면 첫사랑이 영영 돌아오지 않을지도 모를까봐 의심하는 것처럼 내 재능이 빛을 볼 날도 영영 없을지 모른다고 의심했다. 그래서 더 늦기 전에 현재와 미래를 약속해주는 일을 찾았고, 기자가 됐다. 일은 어려웠지만 보람이 있었고, 매달 일한 것에 대한 금전적 보상이 들어오는 게 달콤했고, 읽어주는 독자도 있었다. 그런데도 이 일을 완전히 좋아하지 못했던 것은 소설을 쓰는 것이 내게 너무 익숙한 기다림이었기 때문이다. 그때 내가 소설을 썼던 것은 문학을 잊지 못해서가 아니라 기다림 자체를 숙명으로 받아들였기 때문인지도 몰랐다. 기다림을 사랑할 수도 없고, 다만 괴로울 뿐인데도.

물론 이게 전부가 아닐 거라는 기대, 여기가 아닌 다른 곳에 대한 상상, 그런 것들이 삶에 필요하기도 했다. 다른 가능성에 대한 상상 자체가 삶의 원동력이 되기도 하니까. 나뿐만 아니라 그 소설 수업에 모여 있던 대다수가 그런 원동력이 필요한 사람들이었을 것이다. 성공한 사장님, 취업 준비생, 은퇴한 교사, 광고 회사 카피라이터, 주부. 모두 나처럼 소설을 원했지만 소설만을 원한 적은 없는 사람들이었다. 생계를 위해서든 그 일이 좋아서든 소설 말고 다른 일을 하고 있는 사람들이었다. 그러니 그 술자리에서 나만을 콕 집어 '욕심쟁이'라고 한 것에 나는 얼마든지 발끈해도 됐었다. 그런데 그렇게 하지 못한 것은, 그 말이 내가 숱하게 반복해온 비겁한 사랑의 방식을 꿰뚫어보는 것 같았기 때문이다. 둘 다 사랑한다면서 아무것도 제대로 사랑하지 못하는, 겁쟁이의 방어적 사랑을.

나는 도망치는 데 선수였다. 실패하는 미래를 너무 많이 상상한 나머지 제대로 해보기도 전에 망한 기분이 들어 때려치우기 일쑤였다. 작게 성취하고 금방 버렸다. 전부를 걸지 않았고 조금씩 투자했다. 답이 안 보이는 곳에서 열을 내지 않았고 이 길이 아니다 싶으면 금방 선회했다. 완강한 거부에는 매달리지 않았고 쉽게 포기했다. 영화도, 소설도 그렇게 내던졌다. 취업 준비를 하고 취업을 하고 일을 하고. 소설을 쓸 수 없는 핑계들이 생겨났던 건 소설을 계속 쓰지 않으려는 이유를 내가 만들었기 때문인지도 몰랐다. 빠른 포기에도 장점은 있었다. 잃을 것이 별로 없다는 것이다. 비참한 미래를 아주 많이 시뮬레이션했기 때문에 진짜 망할 필요가 없었고 그래서 아무것도 잃을 것이 없었다. 물론 그래서 망하지 않을 가능성도 함께 차단했다는 사실은 모른 척했다. 자기기만은 자기혐오로 침몰하지 않기 위해 하는 안간힘이었다.

예술영화관 매표소에서 일하는 사람들을 부러워한 적이 있다. 그게 평생 직업일 리 없고, 하고많은 아르바이트 중 굳이 손님이 거의 없는 예술영화관 매표소 직원을 택한 데는 분명 어떤 이유가 있을 것이라고 상상했다. 분명 다른 어떤 일, 말하자면 영화, 그러니까 예술을 하고 싶은데 생계를 위해 어쩔 수 없이 매표소에서 일하는 걸 거야. 낮에는 매표소에서 일하다가 밤에 집에 돌아가면 시나리오를 쓸지도 모르지. 어느 날 유명 영화감독이 극장을 방문하면 짠 하고 공들여 쓴 시나리오를 건네기 위해서. '진짜' 원하는 삶은 따로 있고, 그걸 위해 원하는 건 아니지만 생계를 위해선 어쩔 수 없이 해야만 하는 일이 있다는 식의, 두 개의 삶을 상상하기. 이상과 현실이 완벽하게 합치된 삶보다는 두 개로 나뉜 삶이 어쩐지 더 낭만적으로 보이기도 했다. 게다가 하나가 망해도 다른 하나가 있으니 어느 경우에도 완전히 망하진 않을 거라는 셈법은 내가 익숙하게 끌리는 삶의 태도이기도 했다.

하지만 문학은, 그렇게 삶의 다른 보루로 삼기엔 별로 적합하지 않았다. 더 잘 쓰려면 더 애써야 했는데 그러려면 많은 걸 감수해야 했고, 감수한대도 성취가 보장되지 않았다. 그러니 내가 쓰는 소설들은 어떻게 해도 늘 조금씩 식상했다. 무엇보다, 나는 더이상 소설 쓰는 것이 즐겁지 않았고 괴로웠다. 쓰고 싶은 이야기도 없었다. 소설 창작 수업의 다른 사람들 앞에서 부끄러웠던 것은 소설을 써가지 못해서만은 아니었다. 나는 실은 더이상 소설을 쓰고 싶지 않았다. 잘 쓰든 못 쓰든 상관없이 쓰고 싶은 이야기가 있어서 눈이 반짝반짝 빛나는 사람들 사이에서 나는 다만 관성으로 원하고 있었다. 사랑은 끝난 지 오래였다. 다만 인정하지 못했을 뿐이었다. 기다리기 위해 기다리는 일은 그만둬야 한다는 걸 깨달았다.

그날 회식이 끝나고 엉엉 울면서 집으로 돌아오는 길에, 나는 지금 여기의 삶을 다른 삶의 알리바이로 삼는 일을 그만두기로 했다. 두 개의 삶을 다 전심으로 살아낼 기운도, 그렇다고 이도 저도 아닌 채로 살 자신도 남아 있지 않았다. 그걸 인정하자 비로소 나는 일하는 나를 미워하지 않을 수 있게 됐다. 이만큼이 딱 나라고, 그건 실패도 타협도 아니라고. 그것을 인정하자, 더이상 과거에 잠식당하지도, 미래에 저당잡히지도 않고 지금 여기의 내 삶을 받아들일 수 있었다. 한때 소설을 썼고 이제는 더이상 쓰지 않는 삶.

그로부터 몇 년, 소설을 쓰지 않은 지 이제 꽤 오랜 시간이 지났다. 여전히 "그래도 언젠가는 다시 소설을 쓸 거지?" 말하는 친구들도 있다. 그러면 나는 웃으면서 "아니, 이젠 정말로 더이상 원하지 않아. 나는 독자의 자리에서 충분히 행복해"라고 말한다. 가슴속 불씨는 다 사그라들어 아무것도 태우지 않는다. 덕분에 감당 못할 뜨거움으로 괴로워할 필요도 없다. 그러다 문득, 재만 남은 자리를 본다. 한때 내가 무언가를 태웠던 자리를. 그러면 거기에 무언가 일렁이는 듯한 착각에 빠질 것 같아서 다시 눈을 비빈다.

아무도 죽지 마라

인구 십일만의 작은 도시 A는 구도심의 끝부터 신도심의 끝까지 차로 이십 분도 채 걸리지 않았다. 내세울 것이라고는 칸영화제 여우주연상을 배출해낸 영화나, 그마저도 떠올리지 못하는 이들에게는 집단 성폭행 사건 정도가 전부인 곳이었다. 화재가 발생한 요양병원이 있었던 거리의 이름은 '전도연 거리'였다.

십일만 명 중 서른아홉 명이 한꺼번에 죽었다. 이런 것을 숫자로 얘기하면 죽음은 도무지 실감이 나지 않아서 얼굴들을 찬찬히 다 들여다보고 이름을 다 발음해보아야 했다. A시에 도착하자마자 분향소로 갔다. 몇몇 얼굴은 지금도 아른거린다. 하지만 곧 잊힐 것이다. 그런 것은 불가항력이다.

도시의 장례식장이 모자랐다. 시내에 장례식장은 다섯 곳뿐이었다. 며칠 동안이나 빈소를 마련하지 못하고 안치실에 보관된 경우도 있었다. 먼저 취재를 나와 있던 선발대가 서울로 돌아가고 L과 나만 A시에 남았다. L과 나의 역할은 자연스레 두 가지로 나뉘었다. L이 사고의 구조적 문제를 지적하는 기사를 썼고, 사연은 내가 맡았다. 발인이 아침부터 저녁까지 내내 이어졌다. 심경을 설명하는 말들은 여러 가지가 있었다. 말을 잇지 못했다, 흐느꼈다, 울먹였다, 비통해했다, 황망함을 감추지 못했다 등등등. 내가 수많은 글들로부터 보고 배운 문장들이 이렇게 쓰이는 것이 적절한 일인지 허무한 일인지 알 수가 없었다.

사연 없는 삶이 없으니 사연 없는 죽음도 없을 것이었다. 그러나 팔십 년의 삶을 갑자기 이해할 수 있지 않듯, 죽음도 한 시간쯤 장례식장 주변에서 서성거렸다고 해서 이해할 수 있는 건 아니었다. 그럼에도 오늘 마주친 죽음 중 가장 '기삿거리'가 될 만한 것을 선택해야 했다. 가장 기구한 사연을 선별해 기사의 리드로 쓰고 나면 내가 용서받을 수 없는 무례를 범한 것 같은 자책에 휩싸였다. 하지만 그런 환멸도 곧 피로와 함께 잠겨들었다. 오늘의 발인이 끝나면,

내일은 또다시 내일의 발인이 있었다. A시의 날씨는 서울보다 푹했지만, 혼자 쓰는 여인숙 방은 휑뎅그렁했다. 나는 서걱거리는 여인숙 이불 속에서 뒤척이며 이곳으로 도망쳐 왔던 영화 속 전도연을 떠올렸다. 실은 여기도 도망쳐올 만한 곳은 아니었다고 생각했다.

그래도 어차피 돌아가실 날만 기다리던 사람들 아니었느냐고. 귀한 목숨 덜 귀한 목숨 없다지만, 아이들이 속수무책으로 바닷속으로 가라앉은 것보다야 조금 덜 슬퍼해도 되는 것 아니겠느냐고. 슬픔은 곧 잊힐 것이라고. 그런 댓글들을 찬찬히 봤다. 식당의 옆자리 사람들은 돈 애기를 했다. 보상금이 팔천만원씩 돌아갈 것이고, 성금 모인 것을 따지자면 최소한 일억씩은 남은 가족들에게 돌아갈 것이라고 했다. 어르신들 돌아가신 것은 안타깝지만, 마지막에 자식들에게 좋은 일 해주신 것 아니겠느냐고. 그 애기를 들으며 나는 돼지수육에서 피어오르는 김을 노려봤다. 선배가 돼지국밥의 원조는 부산이 아니라 A시라면서 내 쪽으로 수육을 밀어주었다. 돼지에서 풍겨오는 잡내에 토할 것 같은 기분이 되어서 밖으로 뛰쳐나갔다. 나는 입을 씻으면서 귀도 함께 씻었다.

플라스틱이나 스티로폼이 타면서 나오는 일산화탄소는

마시면 수십 분 이내에 죽음에 이르고, 나치가 유대인 학살에 사용했다는 사이안화수소 가스는 수 분 이내에 죽음에 이르게 한다. "어머니 시체를 받아들고 보니 치아와 콧구멍 속까지 모두 새까맣더라. 마지막이 얼마나 고통스러우셨을까 생각하면 억장이 무너진다"던 유족의 말을 받아 적었다. 오래 살았다고 해서 고통 앞에서 태연해질 리는 없었다. 죽음의 고통만큼은 모두에게 공평한 것이었다. 그런 댓글을 쓰는 사람들도, 나도, 아무도 태연하게 죽음을 마주할 수는 없는 것이다.

할아버지도 그랬을 것이다. 나의 외할아버지는 아흔을 못 채운 여든아홉 살 12월 어느 날에 세상을 떠났다.

할아버지가 죽기 직전, 그가 바닥에 흘린 오줌을 닦아내면서 이제 오줌에서 냄새도 나지 않을 정도로 할아버지가 투명해진 것을 알았다. 할아버지는 네가 누구냐 자꾸 다그쳐 물었다. 할아버지, 소범이요. 한도수 윤광현의 딸 소범이요. 할아버지가 지은 이름이잖아요, 해도 도통 기억해내지 못했다. 그러다 무의식 속에서 헤엄치는 어느 새벽에는 이름들을 불렀다. 영채야! 광현아! 할멈! 할멈! 깜빡. 그러다 정신이 그치고. 깜빡, 다시 돌아온다. 나는 이어졌다 그치기를 반복하는 이름들의 잔상 가운데서 교복을 떠올렸다. 할아버지가 사준 내 중학교, 고등학교 교복들이 옷장 구석에서 삭아가고 있을 것이었다.

죽기 전에는 배 안의 똥을 다 비워내느라 검은 똥을 싼다고 했다. 흐릿해진 의식 너머로도 식욕만은 건재했던 할아버지가 며칠 전부터는 음식이 도통 맛이 없다 했다. 슬슬 곡기를 끊더니 배 안의 마지막 똥을 다 싸고 갔다. 병상을 지키던 아빠가 아버지, 하고 불러도 대답이 없었다. 할아버지는 생전에 사위 중 아빠를 유독 싫어했다. 대차고 호방하던 할아버지 성격에 말수가 적고 도통 무슨 생각을 하는지 알 수 없는 사위는 영 비위에 안 맞았을 것이다. 그래도 죽기 전 육 개월간 손발을 닦아주고, 죽을 떠먹여주고, 말동무가 되어주고, 임종을 지키게 될 사람이 그 사위라는 건 미워할 때는 몰랐을 것이다. 어느 날은 도수야, 하고 불렀다가 또 어느 날은 도수씨, 하고 사위를 부르게 될 것을 몰랐을 것이다. 아빠는 할아버지가 애교도 있고 카리스마도 있고 귀엽기도 하고 멋있기도 한 사람 같다며 웃었다.

염을 하던 장례 지도사가 수의에 끼워진 노잣돈을 빼서 손주들에게 나눠줬다. 이 돈은 태울 수 없는 돈이에요. 할아버지가 주는 마지막 용돈이니까 받으세요. 대학을 졸업하고 광주로 내려와 집에서 빈둥대고 있을 때 할아버지가 오만원을 건넸다. 이 돈으로 나가 친구랑 맛있는 것 사 먹거라. 내가 명절마다 혹은 특별할 것 없는 어떤 날들마다 할아버지에게 받아온 용돈만 해도 기백은 될 것이다. 그 돈으로 맛있는 것도 사 먹고 책도 사 읽고 했을 것이다. 그 돈으로 사 읽은 책들이 나의 일부분을 구성하고 있을 것이다. 나는 장례 지도사가 건넨 만원을 받아 상복 주머니에 챙겨넣으며 마지막으로 할아버지의 얼굴을 봤다. 앙상하게 뼈만 남은 다리에 틀니 없이 합죽이가 된 입을 오므린 채 관에 누워 있는 핏기 없는 윤길남씨의 얼굴을 마지막으로 찬찬히 살펴보았다. 주름 사이사이에 끼인 팔십구 년의 세월을 상상해보려 했지만, 여전히 충분히 알 수 없었다.

죽음은 이토록 빈번하고 도처에 즐비했다.

마지막 발인 기사를 쓰고 서울로 올라오기 직전, 데스킹을 끝낸 차장이 메시지를 보내왔다. 고생했는데, 형식이 내내 똑같구나. 앞으로는 좀더 다양하게 써보렴. 나는 어떻게 하면 죽음을 '새롭고' '다양하게' 써낼 수 있는지 알지 못했다. '사연'에 도대체 무슨 효용이 있느냐고 선배에게 묻자, 사람은 어쩔 수 없이 이성보다는 감성에 동하게 되어 있어서, 내가 쓴 어떤 문장들 때문에 각종 구조적 문제를 곰곰이 들여다볼 마음이 생기기도 했을 것이라는 답이 돌아왔다.

죽음을 막지는 못해도 그 정도면 사연의 효용은 다 한 것이라고 선배는 말했다. 내가 할 수 있는 일은 거기까지였다.

부고를 연달아 쓰게 되는 날엔 이 직업이 결국 타인의 죽음을 기록하는 일에 다름 아니라는 생각이 든다. 누군가 전 생애에 걸쳐 남긴 발자취를 허겁지겁 요약하는 일. 그래서 죽지 마라, 아무도 죽지 마라, 하고 '[사망]' 속보가 뜰 때마다 주문처럼 외었다. 목숨이 아까워서라기보단 그 사연 속으로 또 뛰어들 생각을 하면 아득해져서 그랬다. 모르고 싶어도 알게 되는 죽음이 너무 많았다.

얼마 전 백상예술대상 시상식에서 남우조연상을 수상한 조현철 배우가 소감을 발표하던 중에 투병중인 아버지를 향해 이렇게 말하는 것을 들었다. "아빠가 조금만 눈을 돌리면 마당 창밖으로 빨간 꽃이 보이잖아. 그거 할머니야. 할머니가 거기 있으니까 아빠가 무서워하지 않았으면 좋겠고, 죽음이라는 게 나는 그렇게 생각하는데 그냥 단순히 존재 양식의 변화인 거잖아. (……) 나는 이들이 분명히 죽은 뒤에도 여기 있다고 믿어. 그러니까 아빠 무서워하지 말고. 마지막 시간 아름답게 잘 보냈으면 좋겠습니다."

정말 그랬으면 좋겠다. 죽음이 단지 존재 양식의 변화일 뿐이고, 저 꽃 하나하나가 한때 존재였던 이들이라면. 그러면 내 일은 결국 죽음을 기록하는 것이 아니라 삶을 기록하는 일이 될 것이고, 죽음에 대해 생각하는 일은 어떻게 살 것인지에 대해 생각하는 일이 될 테니까. 그러면, 이토록 즐비하고 빈번한 죽음들을 받아들일 수 있을 것 같다. 꼭 그랬으면 좋겠다.

3부 넘어지며 자라기

일과 사랑 중에 하나만 택하라면

그와는 저녁 일곱시 광화문 오피스디포에서 만나기로 했다. 만남 장소를 제안한 것은 나였다. 소개팅 상대와 접선 장소로 사무용품점이 다소 의아할 순 있으나 카페나 식당처럼 먼저 도착해 어색하게 기다릴 필요가 없고, 넓은 매장에서 각종 사무용품을 구경할 수 있다는 장점이 있다. 실은, 서점이나 음반 매장 같은 데서 스쳐지나간 상대방과 사랑에 빠지는 것이 내 오랜 '로망' 중 하나였다. 매대 중간중간 서서 무언가를 구경하고 있는 사람들의 얼굴을 하나씩 살폈다. 저중에, 어쩌면 내 인연이 될 사람이 있을까?

"한소범씨?"

부르는 목소리에 깜짝 놀라 뒤를 돌아보자 한 남자가 서 있었다. 단번에 내 취향이기는 했다. 길쭉한 팔다리에 쌍꺼풀 없는 눈, 수줍은 듯도 하고 무심한 듯도 한 목소리까지. 하지만 아직 들뜬 마음을 내비치긴 일렀다. 소개팅 전적 백전백패라는 초라한 성적표의 주인으로서, 상대방을 탐색할 시간이 더 필요했다.

저녁식사는 근처의 멕시칸 요릿집으로 정했다. 그런데 간과한 것이 있었다. 타코를 싸먹느라 양손이 음식 범벅이 되는 것은 큰 문제가 아니었다. 진짜 문제는 상대방의 목소리가 거의 들리지 않을 정도로 크게 울리는 매장 내 음악 소리였다. "네? 뭐라고요?" 하고 계속해서 되묻느라 대화의 맥락은 자주 어긋났고 타코를 흘리지 않기 위해, 상대방의 말을 놓치지 않기 위해 주의는 계속 흩어졌다.

"카페 가서 커피 한잔 하시겠어요?"

제대로 된 대화는 해보지도 못한 채 식사를 마치고 나왔다. 남은 밤은 한참이었지만 그는 술 대신 커피를 제안했다. 근처 카페로 향해 그는 커피를, 나는 재스민차를 주문했다. 찻잔에 차를 따르는 순간, 휴대폰이 울렸다. 회사 선배로부터의 발신이었다. 시계를 보니 여덟시. 저녁 뉴스가 시작됐을 시간이었다. 이 시간에 선배로부터 걸려오는 전화라면 목적은 뻔했다. 전화를 받자 곧장 선배의 지시가 쏟아졌다. "광화문에서 지금 분신 사건 있네. 확인해서 한 시간 안에 기사 올려." 당시 나는 사회부 경찰팀에서 혜화경찰서로 출입하는 경찰 기자였고 그날은 휴가를 쓴 종로경찰서 담당 기자를 대신해 종로경찰서 관할 사건까지 백업을 해야 하는 날이었다. 하필, 지금, 왜? 같은 원망은 들지 않았다. 그게 기자의 삶이니까. 일상보다는, 언제 어디서 벌어질지 모르는 모든 사건에 늘 대응할 준비가 돼 있어야 하는 게 이 직업이었다.

예측 불가능성은 기자의 직업을 정의할 때 가장 중요한 특징 중 하나였다. 밥을 먹다가도, 자다가도, 사건이 생기면 언제든 취재를 하고 기사를 쓸 수 있어야 했다. 수습기자 때는 선배의 전화를 수신음 다섯 번이 넘어가기 전에 무조건 받아야 했다. 그러지 않으면 당장 불호령이 떨어졌다. 잘 때는 휴대폰을 가슴팍에 올려두고 잤고, 씻으러 갈 때도 지퍼백에 휴대폰을 넣어서 챙겼다. 부서에 따라 종류나 빈도는 다르겠지만 기본적으로 이 세상은 매일 사건 사고가 벌어지는 곳이고, 기자는 늘 그에 대한 준비가 되어 있어야 한다는 일종의 훈련이었다. 실제로 기자는 데이트를 하다가도, 가족들과 시간을 보내다가도, 주말에 혼자라면을 끓여먹다가도, 사건이 터지면 예외 없이 노트북을 꺼내들고 기사를 써야 했다.

이 직업을 택한 이상 〈천사소녀 네티〉만큼이나 '오늘밤엔 무슨 일을 할까'를 궁금해하는 게 기자의 숙명이라지만, 문제는 기자가 아니라면 1분 대기조처럼 사는 이 불규칙적인 삶을 이해해줄 수 있는 사람이 많지 않다는 것이었다. 그리고 이 문제는 무엇보다 연애에 있어 가장 큰 장벽일 수밖에 없었다.

내가 속한 집단 내에서 짝을 찾는 것이 연애의 일반적인 속성 중 하나겠으나, 기자 집단에서 이 경향성은 좀더 두드러졌고, 무엇보다 여성 기자에게는 절대적이었다. 처음 기자가 되었을 때 선배들은 '여성 기자의 미래는 셋 중 하나'라고 말했다. ① 같은 기자랑 결혼하거나 ② 기자가 되기 전부터 만나던 사람과 결혼하거나 ③ 아니면 결혼을 안(못) 한다는 것이었다. 물론 농담처럼 하는 말이었다곤 해도, 연애와 결혼을 원한다는 것을 전제로 하는 이 말이 그때도 지금도 적절하지 않다고 생각한다. 하지만 어느 순간 고개를 들어 주변을 보니 정말 놀랍도록 대개가 이 범주 안에 속했다. 여길 봐도 사내 연애, 저길 봐도 사내 연애였다. 이를테면 한 부서에 여성 기자가 여섯 명인데 네 명이 기자와 결혼했고 그중 두 명이 사내 결혼을 했다.

이 같은 절대적인 통계는 사실 농담 이상의 의미를 내포한다. 일반 직장인보다 연인과 가족의 배려가 많이 필요한 직업적 특성이, 가족 내에서 임신과 출산과 육아의 주된 책임을 떠맡게 되는 여성에게는 '양해'를 구해야 하는 영역이 되고, 같은 직업을 갖고 있지 않은 배우자에게 그것을 구하기는 쉽지 않을 것이다. 그리고 기자뿐만 아니라 물리적인 시간과 정신력이 많이 요구되는 직업을 가진 여성 대다수가 이 딜레마에서 자유로울 수 없었다. '일과 사랑을 모두 쟁취한' 혹은 '커리어와 가정일을 모두 성공적으로 수행해내는' 여성은 그 여성의 직업을 존중하는 분위기에서만 탄생할 수 있는 판타지 같은 것이었다. 그나마 배우자가 같은 직업일 때 양해의 가능성이 열려 있었고, 그렇기에 많은 여성 기자들이 동료 남성 기자들과 결혼하게 됐을 것이다. 그마저도 내가 입사했을 당시 회사의 절대다수가 남자였고 그중 대다수가 기혼자였음에도 불구하고, 이들 중 육아휴직을 경험해본 사람은 손에 꼽았다.

"거듭되는 육아휴직중 일에만 매진하는 남자 동료들을 보면서, 커리어에 아무 손상도 입지 않은 채 4인 가구의 가장이 된 남편을 보며 얼마나 속으로 흐느꼈던가" "엄마도 꿈이 있는데".* 마찬가지로 기자 부부였던 회사 선배가 쓴 칼럼 속 문장에 밑줄을 그으며, 나는 '일과 사랑' 모두를 쟁취하는 그런 미래에 대한 꿈을 접었다. 경쟁적인 커리어를 가진 많은 여성들에게 여전히 일과 사랑은 '택일'의 문제였고, 내 일과 사랑이 불화할 때 나는 흔쾌히 사랑 쪽의 손을 들 자신이 없었다.

황급히 전화 취재를 해서 기사 작성까지 마치고 난 뒤 '송고' 버튼을 눌렀다. 휴, 오늘 하루도 이렇게 가는구나. 한숨 돌리려는 찰나, 노트북을 덮자 맞은편에 앉아 있는 남자의 얼굴이 보였다. 그제야 내가 소개팅중이었다는 실감이 돌아왔다. 시간을 확인하자 여덟시 오십오분. 카페에 들어와 자리에 앉자마자 선배의 전화를 받았고, "죄송한데 제가 잠깐 일을 해야 할 것 같은데요"라며 양해 아닌 통보를 하고 노트북을 꺼내 기사를 썼으니, 무려 한 시간 동안이나 맞은편의 상대를 내버려둔 셈이었다. 카페는 아홉시에 마감이었고, 우리에게 남은 시간은 오 분뿐이었다. 두 시간의 첫 만남 동안 한 시간은 식당의 음악소리에, 나머지 한 시간은 기사를 쓰느라 흘려보낸 셈이었다. 소개팅은 망

---

* 박선영, 「나만 혼자 칼퇴근 했을 때」, 한국일보, 2017. 2. 2.

한 게 당연했고, 소개팅이 아니더라도 처음 만난 상대에게 한 시간 동안이나 기다리게 한 것 자체가 무례했다. 나는 절망적인 심정이 되어 사과를 했다. "죄송해요. 제 일이 이렇네요……" 그런데 이어지는 남자의 대답은 내가 전혀 예상하지 못한 것이었다.

"아니에요. 차가 다 식어서 어떡해요? 그나저나 분신 사건이라니, 그런 기사를 쓰려면 마음이 안 좋으시겠어요."

그 말을 남기고 나 대신 뜨거운 물을 리필하러 가는 남자의 뒷모습을 보는 순간, 작은 희망의 씨앗 하나가 싹텄다. 어쩌면, 일과 사랑 중 하나만 택할 필요가 없을지도 몰라. 그리고 어쩌면, 그 씨앗이 훗날 '미래'라는 열매를 맺어줄지도 몰라. "마감 오 분 전입니다." 계산대의 직원이 큰 목소리로 알려왔다. 이번에는 내가 제안했다.

"나가시죠, 차 말고 제가 술 살게요."

우리가 서로를 칼이라 여기지 않고

내가 기자가 된 것을 늘 자랑스러워해주는 친구가 있다. 나를 전혀 알지 못하는 사람들에게도 "내게는 이런 멋진 기사를 쓰는 기자 친구가 있어"라고 말해주는 친구다. 팔불출처럼 그러지 좀 말라고 말려도 좀체 말을 듣지 않는다. 그날도 마찬가지로 "내 친구가 기자인데……"라고 말문을 열던 순간, 그 얘기를 듣고 있던 지인이 친구의 말을 잡아채며 이렇게 대꾸했다고 했다. "헐, 그럼 걔도 기레기야?"

언젠가부터 내가 쓴 기사에 달린 댓글을 읽지 않는다. 자부할 만한 좋은 기사를 쓴 날에도, 정작 그 기사를 읽게 될 구체적인 사람들에 대해서는 상상하지 않기 위해 오랫동안 훈련해왔다. 기사는 쓰이는 순간부터 어딘가에 공개돼 읽히는 것을 전제하고 있기 때문에 그 기사를 읽는 사람들을 상상하지 않기 위해서는 노력이 필요했다. 기사를 쓰는 나는 있는데, 기사를 읽는 사람들은 존재하지 않는, 그런 수요 없는 공급의 기묘한 균형을 찾기 위해 애썼다. 그래야만 이 일을 계속할 수 있을 것 같았다. 그러지 않고서는, 늘 실망해야 했으니까. 내 글을 읽어줄 선한 사람들을 기대하는 일은 번번이 배신당할 수밖에 없었으니까.

물론 처음부터 그랬던 것은 아니다. 나도 한때는 설레는 마음으로 '독자'를 기다렸다. 그게 얼마나 비참한 짝사랑인지는 얼마 지나지 않아 깨달았지만.

내가 기자가 된 2016년은 이미 '기레기(기자+쓰레기)'라는 말이 더는 비속어의 축에도 들지 않았을 때다. 모두가 공공연하게 그 말을 썼고, 오히려 그 말을 씀으로 '비난받아 마땅한 존재를 비난한다'는 정의로움까지 나눠 가질 수 있었다. 세상은 얼마든지 기자를 미워해도 된다고 부추겼다. 나는 내가 쓴 기사와 상관없이 내 직업을 자주 수치스러워해야 했고 공항 출입국 심사장에서 직업을 적을 때는 '회사원'이라고 썼다.

물론 그런 용어가 탄생하게 된 배경이나, 기이한 언론 생태계로 인해 끊임없이 양산되는 저품질의 기사에 대해 변명하려는 것은 아니다. 변명을 할 수 있을 만큼 저널리즘의 작동 원리에 대해 훤히 꿰뚫고 있지도 않다. 다만 내 존재 자체가 해악인 것은 아닐까 하는 자기 의심에 끊임없이 시달린 끝에, 그렇다고 이것 말고는 달리 무엇을 할 수 있는지도 알지 못해서, 결국에는 아무도 읽지 않을 기사, 그리하여 누구에게도 아무 영향도 끼치지 않는 기사를 쓰는 것을 때때로 꿈꾸게 됐을 뿐이다.

여러 매체 중에서도 내가 몸담은 곳이 '조간신문'인 탓에 온라인에 송고되는 많은 기사의 출고 시간은 새벽 네시 삼십분으로 설정된다. 조간신문이 배달되는 가장 빠른 시간이 그때이기 때문이다. 신문 독자를 배려한 것이다. 실시간으로 처리해야만 하는 기사가 아닌 중요한 기사들 대부분이 이 시간대에 출고된다. 그런데 내 기사가 세상에 나가 독자들과 만나게 되는 이 네시 삼십분이 어떤 기자에게는 설렘으로 기다려지는 시간이지만 나에게는 두려움에 떨며 심판을 기다리는 시간이었다. 어떤 기자는 그런 것에 전혀 개의치 않았고 심지어는 오히려 투지가 더 불타오른다고 했지만 나는 전혀 그렇지가 못했다. 좋은 반응일지 나쁜 반응일지 전혀 예측할 수 없었기에, 몽둥이를 들고 때릴 준비가 된 사람들을 기다리는 기분이었다. 실제로 곤죽이 되도록 맞는 일은 벌어지지 않아도, 맞는 상상을 하는 것만으로도 온몸이 저렸다.

그런데 언젠가부터 이상한 일이 일어났다. 아무리 사람들의 반응으로부터 나를 방어해도 어떤 말들은 그 방어막을 뚫고 들어왔다. 힘이 센 말들이었다. 놀랍게도, 그 힘은 악의가 아닌 선의에서 비롯했다. 진짜 힘이 센 말들은 나쁜 말이 아닌 선한 말이었다.

조현병 환자에 대한 기획 기사를 쓴 적이 있다. 오랫동안 조현병을 앓아온 당사자와 그 가족들, 연구자들을 인터뷰해가며 쓴 기사였다. 나를 비롯해 많은 이들이 이 병에 대해 제대로 알지 못했는데, 제대로 알지 못하는 데서 비롯하는 많은 오해가 있었다. 그걸 풀고 싶다는 마음에서 시작한 기획이었다. 기사가 나가고 메일이 한 통 왔다. "친언니가 오랫동안 조현병을 앓아왔어요. 사는 내내 언니를 이해하기 힘들었습니다. 그 언니가 얼마 전 세상을 떠났어요. 이 기사 덕분에 늦게나마 언니를 이해할 수 있게 되었습니다. 감사합니다. 앞으로도 좋은 기사 써주세요."

누군가는 내 기사를 읽을 것이라는 당연한 사실을 애써 외면하면서 독자로부터 도망쳐온 나를 붙들어 세우는 말이었다. "앞으로도 좋은 기사 써주세요"라는 마지막 한 줄은 분명 응원의 말이었겠지만, 내게는 꾸짖음으로 들렸다. 어딜 도망가려고, 하면서 독자를 똑바로 바라보도록 하는 말이었다.

이후에도 종종 그런 메일이 도착했다. "좋은 기사 써주셔서 감사합니다." 내가 쓴 기사를 내가 믿지 못할 때도, 그걸 읽게 될 독자도 믿지 못할 때도, 얼굴도 알지 못하는 독자들이 나를 믿어줬다. 2021년 3월 '무낙'이라는 이름의 뉴스레터를 발송하기 시작하면서부터는 확실히 이렇게 말할 수 있게 됐다. 내게도 독자가 있다.

'무낙'은 한 주간 쓴 책 기사를 갈무리한 것에 짤막한 인사를 곁들여 매주 화요일 발송했다. 회사로부터 문학과 관련된 뉴스레터를 발행해보는 것이 어떻겠느냐는 제안을 처음 받았을 때, 언론뿐 아니라 개인과 기업이 발행하는 뉴스레터가 이미 포화인 상태에서 나까지 남의 메일함을 북적이게 만들어야 하나 고민을 했다. 스팸 메일함으로 직행할 운명이라고 생각했다. 그렇게 반신반의하며 메일 전송 버튼을 눌렀다.

'폭발적인 반응' 같은 건 당연히 없었다. 애초에 문학 기사를 읽는 독자의 수가 한 줌이니 폭발을 일으킬 만큼의

에너지가 모일 리 없었다. 대신 이상한 일이 일어났다. 뉴스레터를 구독하는 독자들이 '의견 보내기'를 통해 응원의 메시지를 보내오기 시작했다. 어떤 날에는 고맙다는 메시지가, 어떤 날에는 건강하라는 메시지가, 어떤 날에는 힘내라는 메시지가 도착해 있었다. 매일 조금씩 쌓여가는 메시지들을 보며 나는 비로소, 우리가 연결되어 있다는 감각을 회복해나갔다.

독자들이 기자들을 불신했던 것처럼, 기자들 역시 어느 순간 독자들을 불신했다. 독자들을 지치게 만드는 '나쁜' 기사가 늘어날수록 기자들 역시 기자를 나쁜 놈이라고 부르는 독자들을 미워하기 시작했다. 서로가 서로를 불신하는 가운데 기사는 어느 순간 서로를 찌르는 칼이 됐다. 기자는 독자를 찌르고, 독자는 기자를 찔렀다. 기사를 쓰는 게 언젠가부터 피투성이가 되어 남을 찌르고 다니는 일처럼 느껴졌다.

뉴스레터는 우리가 서로를 칼이라 여기지 않고 서로를 꽃이라고 여길 수 있도록 해줬다. 나는 내가 가진 말 중 가장 좋은 말들만을 모아 조심스럽게 사람들에게 건넸다. 당신의 마음에 들지는 모르겠지만, 그래도 받아주었으면 좋겠다고 생각하며 예쁘게 포장도 했다. 그러자 사람들이 나를 향해 환하게 웃어주고 나를 꼭 끌어안아주었다.

여전히 '기사를 기다릴 독자들을 위해 기사를 쓴다'고는 말할 수 없다. 기사를 쓰는 것은 이 일이 나의 생계이기 때문이다. 나는 거창한 사명을 짊어지고 기사를 쓰지 않는다. 내가 쓰는 기사는 언제든 누구에 의해서라도 대체될 수 있고, 내가 기사를 쓰든 쓰지 않든 아무 일도 벌어지지 않는다는 것을 매일 떠올린다. 그래도 때로는, 내가 쓰는 기사를 읽어주는 이들의 존재를 떠올리고 싶어진다. 그랬을 때는 작게 중얼거려본다. 이건 사라지기 위해 쓰이는 것들이 아니다. 나에게도, 독자가 있다.

서른이 되면

책을 펼칠 때 가장 먼저 책날개에 있는 저자의 약력부터 살펴보는 오랜 버릇이 있었다. 저자의 데뷔 연도에서 출생 연도를 뺄셈해, 그가 몇 살 때 데뷔했는지 알기 위해서였다.

예를 들어, 1941년 일본 오사카에서 태어난 김승옥은 1962년 한국일보 신춘문예에 「생명연습」이 당선되며 데뷔한다. 그의 나이 스물두 살 때였다. 김애란 작가는 1980년 태어났고 2003년 단편 「노크하지 않는 집」으로 제1회 대산대학문학상을 수상하며 등단했다. 그의 나이 스물네 살 때였다.

문학계에는 비교적 젊은 나이에 데뷔한 작가들이 많다.

물론 그렇지 않은 작가들도 있었지만 그런 경우 그럴 만한 이유가 있었다는 단서가 붙었다. 박완서 작가는 세상을 떠날 때까지 '마흔 살 넘어 데뷔한 작가'라는 꼬리표를 달고 다녀야 했는데, 그건 그가 살았던 시대가 그를 소설 쓸 수 없도록 했기 때문이었다. 일제강점기, 해방, 6·25전쟁은 누구도 반박할 수 없는 이유였다.

매번 저자의 데뷔 나이를 셈했던 까닭은 그게 마치 내가 가진 뭔가를 증명할 수 있는 기회의 시간을 카운트하는 타이머 같았기 때문이다. 안타깝게도 나에게는 아무런 장애물도 없었고, 그래서 한시라도 빨리 뭔가를 증명해야 한다는 강박 때문에 늘 초조했다.

그렇긴 해도 이십대까지는 괜찮았다. 아직 '젊었기' 때문이다. 아무것도 증명하지 못해도 단지 젊다는 그 사실만을 나의 가장 빛나는 정체성으로 삼아도 괜찮았다. 문제는 젊음이 언제까지고 내 편이 아니라는 것이었다. '젊다'는 형용사를 쓸 수 있는 물리적인 나이는 어디까지일지 궁금해 사전을 찾아봤다. 표준국어대사전에는 "나이가 한창때에 있다"라고 모호하게 정의하고 있었다. 반면 옥스퍼드사전에서는 "인생의 단계에서 혈기 왕성한 시기에 있다. 곧, 나이에 있어서 십대 후반에서 삼십대 사이에 있다"라고 명확하게 적시하고 있다. 옥스퍼드사전에 따르면 인생 전체에서 '젊다'는 수식을 내세울 수 있는 것은 고작해야 이십대였다.

그래서 한동안 '서른이 되기 전에 해야 할 일의 목록'을 정해두기도 했다. 서른이 되기 전에 운전면허 따기, 서른이 되기 전에 서울에 전셋집 구하기, 서른이 되기 전에…… 마치 이십대가 끝나면 세상이 망하기라도 할 것처럼 온갖 할 일들을 '끝내놓아야 한다'고 생각했다. 그리고 그중에 가장 첫머리에 놓인 게 바로 '일'이었다.

스물여섯 살이 되자마자 지금의 회사에 입사했다. 지금 생각하면 이십대 중반의 문턱을 막 넘겼을 때고, 오 년간 대학에 다녔다 뿐이지 딱히 무언가를 하느라 시간을 많이 낭비한 것도 아니었는데도, 그때는 너무 많은 것들이 초조하게 느껴졌다. 스물여섯을 넘기면 이십대 후반이 될 뿐인데, 그땐 이미 너무 늦은 나이일 것 같았다. 한시라도 빨리 나를 증명하고 싶었는데 우왕좌왕 헤매다가 나이만 먹게 될까봐, 그러다 젊음마저 잃고 내가 초라해질까봐 두려웠다. 그래서 한국일보 입사 시험에 합격했을 때 '더 늦지 않아 다행이다'라고 생각했다.

하지만 사회 초년생은 뭔가를 증명하기는커녕 매일 실패하는 것이 더 자연스러운 존재였다. 일은 감당하기에 너무 버겁게 느껴졌고 그럴 때마다 내가 틀린 선택을 한 것은 아닌지 의심하게 됐다. 지금의 일이 나를 증명하는 길이 아닐지 모른다는 의심, 그렇다면 한시라도 빨리 다른 길을 찾아내야 한다는 조바심이 뒤섞였다. 하지만 지금 이 일이 아니라면 어떤 다른 일이 내게 맞는지 알 수 없었다는 것 역시 문제였다. 그래서 나는 고작 스물일곱 살에 마치 인생을 다 살기라도 한 것처럼 '이미 늦었다'고 체념했다.

체념은 젊은이에겐 어울리지 않는 덕목이었다. 젊다는 건 원하는 거였다. 그리고 원하는 게 다 자기 건 줄 아는 거였다. 하지만 나는 더이상 원하는 것이 없었고, 있다 해도 그것을 갖기 위해 무모하게 감수할 자신도 없었다. 바보 같은 짓을 저지를 수 있는 무모함이 단지 젊은이만의 특권이라고 생각하지는 않지만, 적어도 젊은이의 행동 수칙 중 하나라고 한다면 나는 서른 살도 되기 전에 이미 늙어버린 기분이었다. 무모해도 좋은 나이가 다 지난 뒤에 의지할 수 있는 건, 그저 눈먼 자신감뿐일 테니까. 이제 내게 남은 것은 지루하고 따분한 어른으로서의 책임감뿐인 것 같았다. 아무것도 되지 못한 것만큼이나, 이미 뭔가가 돼버린 것도 꽤나 비참한 기분이었다.

젊음에 대한 강박을 내려놓을 수 있게 된 것은, 내가 그토록 신화화했던 '젊은 작가들'을 실제로 만난 뒤였다.

2019년 3월 박상영 작가를 인터뷰했다. 서른을 막 넘긴 뒤, 이 년간 소설쓰기와 병행해오던 직장생활을 그만두고 전업 작가가 된 직후였다. 전업 작가를 택하는 것이 두렵지 않았느냐고 묻자, 이런 답이 돌아왔다.

직장을 갖고 있으면 미래에 대한 두려움이 상쇄되죠. 그런데 이 년간 병행해보니 이건 아니다 싶더라고요. 미래의 어떤 시점이 두려워서 소설쓰기에 충분한 시간을 투자하지 못하고 있단 생각이 들었어요. 건강도 안 좋아졌고요. 미래를 생각하느라 현재를 쑥대밭으로 만들어놨다는 생각이 들더군요. 기회가 왔는데 충분한 시간을 투여하지 않으면 후회할 것 같았어요. 망하더라도 내가 할 수 있는 걸 해보고, 안 되면 뭐, 다른 걸 하면 되지 않겠어요?

그는 자신의 미래를 두려워하지 않았다. '젊은 작가'라는 수식에 사로잡히지 않았다. 젊은 작가들은, 자신의 젊음에 발목 잡혀 소설을 쓸지, 쓰지 않을지를 결정할 생각이 없었다. 그들은 자신의 젊음을 증명하기 위해, 그 시기에만 유용한 것들을 쓰려고 작가가 된 것이 아니었다. 그들은 이상이나 전혜린일 생각이 없었다. 다만 성실하게 매일을 일구며, 아주 끈질기게 오랫동안 세상의 변화에 온몸으로 맞서면서 쓰기 위해 작가가 된 것이었다. 오히려 작가들을 '젊다'라는 수식에 가둔 것은 독자인 나였다.

'젊음'을 단지 물리적인 나이에 국한할 필요도 없었다. '젊은작가상'은 문학동네에서 젊은 작가들을 널리 알리자는 취지로 2010년에 제정한 문학상이다. 내가 스무 살이 된 바로 그해에 만들어진 이 상의 수상작품집을 한 해도 빼놓지 않고 읽어왔다. 젊은 작가들이 쓴 젊은 소설을 읽고 있는 젊은 나, 그게 마치 내 젊음에 대한 일종의 '의식'이라고 생각했다. 그런데 이 상에서 '젊다'는 기준은 그들의 나이를 의미하지 않았다. '등단 십 년 이내의 작가'를 의미했다. 그러니까, 작가가 스무 살에 데뷔했든 서른 살에 데뷔했든 마흔 살에 데뷔했든, 그들은 얼마든지 젊은 작가일 수 있었다. 기껏 서른을 넘긴 내가, 아직 채 십 년도 일하지 않은 내가 마치 조로한 듯 굴고 있는 셈이었다.

얼마 전 우연히 유튜브에서 배우 이하늬씨가 발리에서 요가 티칭을 배우는 영상을 보게 됐다. 해사하게 웃으며 카메라를 향해 "이 나이에도 아직 처음 해보는 게 있다니, 너무 좋아!"라고 외치는 그야말로 젊음이 그 자체였다. 가야금 연주자에서 미스코리아로, 배우로, 그리고 이번에는 요가 강사로 매번 새로운 일에 도전해온 그에게 젊음은 이십대에만 유효한 것이 아닐 게 분명했다.

그리고 나는, 그토록 두려워하던 삼십대가 되었다. 한국 나이 33세, 만으로도 32세니 빼도 박도 못하고 삼십대다. 당연히 서른 살 이후에도 세상은 끝나지 않았다. 서른 살 이후에는 서른한 살과 서른두 살이 있을 뿐이었다. 물론 삼십대에도 여전히 확신할 수 있는 것이 많지는 않다. 여전히 이 일이 내게 잘 맞는지 아닌지 모르겠고, 여전히 우왕좌왕하고, 여전히 실패한다. 다만 이십대와 다른 점이 있다면 이제는 더이상 '삼십대 이후'를 두려워하지 않게 됐다는 것이다. 삼십대에도 처음 해보는 것투성이고, 여전히 나는 그 안에서 내가 무엇을 증명할 수 있는지 찾는 중이다. 이런 내가 젊은이가 아닐 도리는, 아마 없을 것이다.

나를 키운 밑줄

한 분야에서 이름난 사람이 되었을 때의 장점 중에는 오늘날의 나를 있게 해준 고마운 분들에게 공적으로 감사 인사를 표시할 수 있는 자리가 마련된다는 것도 있을 테다. 무명, 지망생, 뭐가 됐든 오랫동안 그늘진 자리에서 머문 끝에 나서게 된 시상식의 밝은 조명 아래, 눈물을 글썽이며 "지금까지 묵묵히 곁을 지켜준 가족들…… 저를 알아봐준 감독님"이라고 말할 수 있게 될 때, 비로소 어떤 '성공'의 얼굴 하나를 마주봤다고 체감하게 되는 것이다.

그 장면은 너무나 극적이어서 때로는 그 순간을 상상하는 일 자체가 오랜 견딤의 원동력이 되기도 한다. 혼자 소설을 습작하다가 이게 다 무슨 소용인가 싶어질 때 내가 가장 자주 들여다봤던 것이 미리 적어둔 신춘문예 당선 소감이었다. 먼저 소설을 뽑아준 심사위원 선생님들께 감사드리고, 습작생을 수업에 받아주신 이장욱 선생님께 감사드리고, 재미도 감동도 없는 소설을 친구라는 이유로 읽고 감상까지 말해줘야 했던 해지와 샛별, 내리 선배의 인내심에 고마움을 전하고, 날카로운 피드백 아끼지 않아준 합평모임 문우들에게는 용기와 희망을 나누고…… 그런 말을 꼭 하기 위해서라도 어떻게든 소설을 완성시키고 싶어졌다. 물론 신춘문예에는 끝내 당선되지 못해서 그런 기회는 마련되지 않았고 감사 인사도 결국엔 전할 길 없게 됐지만. (대신 지금 이렇게라도 전합니다.)

감사 인사를 꼭 사람에게 전할 필요도 없다. 2017년 한국일보에 '나를 키운 8할은'이라는 인터뷰 시리즈가 연재된 적이 있다. 유명 문화계 인사들이 자신의 인생에 '날카로운 첫 키스의 추억'을 남긴 '무엇'을 소개하는 코너였다. 그 무엇은 선배 예술가이기도, 가족이기도, 특정 작품이기도, 그저 시간이기도 했다. 예를 들어 감독 연상호는 일본의 천재 애니메이션 감독 곤 사토시를, 작곡가 김형석은 학과 사 년 선배였던 유재하를, 방송인 박경림은 '별밤지기'

이문세를 자신을 키운 8할로 꼽았다. 디자이너 지춘희에게는 '신식' 엄마가, 셰프 박찬일에게는 요리 스승 페페 바로네가, 발레리나 강수진에게는 모나코 왕립발레학교 교장 선생님 마리카 베소브라소바가 있었다. 배우 장나라는 예닐곱 살에 본 아빠의 연극이, 백영옥 소설가는 픽사의 영화가, 번역가 황석희는 이십대에 게걸스럽게 흡수한 다양한 경험과 지식이 자신의 인생을 바꾼 극적 존재와 순간이었다.

위에 열거된 인물들처럼 꼭 대단한 저명인사가 아니어도, 오로지 혼자서 그 자신에 이르게 된 사람은 없을 것이라 나를 비롯한 모든 평범한 개인에게도 저마다의 '8할'이 있을 수밖에 없다. 오히려 단 하나의 8할을 꼽는 것이 어려울 만큼 많은 것들의 영향을 받은 끝에 된 것이 지금의 '나'다. 상을 받지도, 저명인사가 되지도 않았지만 지금 여기서 바로 그 8할의 목록을 읊어보려 한다.

만일 누군가 맞벌이 부모의 늦둥이 외동딸로 태어나게 된다면, 그가 평생 가장 친밀하게 느끼게 될 감정은 외로움이다. 부모와 자신 사이 놓인 아득한 나이 차, 형제 없음, 시간 많음이라는 삼박자가 어우러지면 그 아이는 필연적으로 고독하고 복잡한 존재로 자라날 수밖에 없다. 그게 바로 나였다. 그리고 그런 아이가 하교 후부터 부모의 퇴근 전까지의 시간을 보내기에 가장 가성비 좋은 활동은 온갖 책을 읽는 것이었다. 유년기와 청소년기, 이십대를 거쳐 현재까지 온갖 '읽을거리'들의 은혜를 입었다. 세계위인전집과 디즈니 명작동화, 사계절 청소년 문고 시리즈와 문학과지성사 한국문학전집, 『독서평설』과 『씨네21』, 이상문학상 수상작품집과 젊은작가상 수상작품집. 천계영, 박은아, 유시진, 박희정의 한국 순정만화들. 수많은 앞선 세대 작가들이 남겨준 유산들이 모두 내 자산이 됐다.

대만의 영화감독 에드워드 양의 영화 〈하나 그리고 둘〉(2000)에는 주인공 소녀가 할머니의 무릎을 베고 이렇게 중얼거리는 장면이 나온다. "왜 세상은 우리 생각과 다른 걸까요?" 그 대사야말로 내가 십대 시절 내내 떨치지 못한 질문이었다. 세상이 특히 내게만 적대적인 게 아닌데도 나는 늘 세상이 불편했고, 그래서 불화했지만, 그렇다고 대단한 반항을 할 용기는 또 없어서, 납득되지 않는 이 세계를 이해하기 위해 부단히 애써야 했다.

그런데 그런 괴로움이 '이런' 여자애라면 성장 과정에서 응당 맞닥뜨리게 되는 유의 것이라는 사실을 『새의 선물』* 과 『외딴방』**의 화자들 덕분에 알 수 있었다. "태생의 고뇌야말로 성숙의 자양"이고 그 "'고뇌'라는 그 자양이, 삼촌 방의 다락에서 이루어진 '독서'라는 자양과 합해지면서 비로소 삶에 대한 나의 통찰을 완성시켰"(104쪽)다고 말하는 『새의 선물』의 '진희'는, 우리 사이 시대적 간극과는 아무런 상관 없이 나의 현현이었다. 진희가 "나처럼 일찍 세상을 깨친 아이"(19쪽)가 "왜 일찍부터 삶의 이면을 보기 시작했는가"(14쪽) 자문했기에, 나 역시 이 모든 고통이 삶을 이해하지 못하는 데서 기인하는 게 아니라, 삶의 이면을 보기 때문에 발생하는 것이라고 여길 수 있게 됐다.

그런가 하면, "발바닥을 쇠스랑으로 찍어버렸던 열여섯에" "생은 독한 상처로 이루어지는 거라는 걸 어렴풋이"(25쪽) 느낀 소녀가, 글을 씀으로써 "이것으로만이, 나, 라는 존재가 아무것도 아니라는 소외에서 벗어날 수 있다고"(20쪽) 여기는 『외딴방』의 '나'는 내 미래에 대한 암시 같았다. 생의 이면을 엿본 '이런' 여자애가 할 수 있는 일이라는 건 책을 읽고 글을 쓰는 일이다, 그렇게 스스로 결론 내리게 된 데에는 『새의 선물』과 『외딴방』이 절대적인 역할을 했다. 그

---

* 은희경, 『새의 선물』, 문학동네, 1995.

** 신경숙, 『외딴방』, 문학동네, 1999(2판).

문장들에 밑줄을 그으며 '진희'와 '나'에게 나를 투영했고 이와 같은 동일시의 과정을 통해 '복잡한 소녀'가 '글쓰는 여자'로 자신을 정체화할 수 있게 됐다. 그들의 일부가 다 나였고, 나의 일부가 다 그들이었다. 하지만 여전히 그것들이 나의 '전부'라고 말하지 못하는 것은, 8할만큼이나 결정적인 2할이 아직 남아 있기 때문이다.

스무 살에 상경한 이후로 엄마는 매달 자취방으로 택배 상자를 보냈다. 초록색 노끈으로 단단히 동여맨 과일 박스 안에는 종류별 김치와 제철 과일, 구황작물과 각종 즙, 어딘가의 행사장에서 대량으로 얻어왔을 휴대용 물티슈가 차곡차곡 쌓여 있었다. 당연히 내가 먼저 보내달라 요청한 적 없을뿐더러, 대개는 필요하지도 않은 것들이었다. 종일 알바를 하고 자취방에 돌아왔을 때 택배 상자가 도착해 있는 것을 보면 반가운 마음보다는 이 상자를 다 정리하고 난 뒤에야 쉴 수 있다는 생각에 대뜸 짜증부터 일었다. 택배 잘 받았다는 전화 한 통을 엄마가 밤새워 기다리고 있을 것을 알면서도 살갑게 먼저 잘 받았다 한 적이 없었다. 기다리다못한 엄마가 택배 잘 도착했느냐 물어보면 그제야 지겨워 죽겠다는 티를 하나도 숨기지 않고 뭘 또 보냈냐며 퉁명스럽게 대답했다.

그러다 문득, 김칫국물이 조금이라도 샐까 김치통을 꽁꽁 동여맨 신문지를 해체하다가 보게 됐다. 김치 냄새가 잔뜩 배어 쿰쿰한 신문에 빼곡하게 그어진 밑줄을. 밑줄은 어느 소설 공모전 일정에 그어져 있기도 했고, 어느 유명 작가의 인터뷰이기도 했고, 신작 영화의 개봉 소식이기도 했다. 당연히 엄마에게 필요한 정보들은 아니었다. 딸, 그러니까 나를 위한 것들이었다. "무슨 재단에서 소설 공모전을 한대" "어느 감독 영화가 개봉했다는데, 너가 좋아하는 감독 아니니?" 엄마가 통화마다 내게 전한 소식들이 그 밑줄들에서 비롯했다는 것을 깨달은 나는, 그날 김치통과 구황작물과 제철 과일과 휴대용 물티슈 사이에서 신문을 끌어안고 아주 오래 울었다.

자식은 어느 순간 엄마보다 멀리 간다. 엄마로부터 멀리 간다. 엄마가 모르는 것들을 배우고, 엄마가 모르는 것들과 사랑에 빠진다. 내가 온갖 문장들에 밑줄을 그으며 '나'라는 사람을 정체화해나가는 과정은 동시에 엄마로부터 멀어져가는 과정일 수밖에 없다. 엄마가 신문을 읽으며 평생 관심 가져본 적 없던 해외 작가의 작품과 예술영화에 밑줄을 그었던 것은 그렇게 멀어져가는 자식과의 간격을 좁혀보려는 안간힘이었을 것이다. 그리고 내가 혹시라도 놓쳤을지 모르는 소식들을 그러모아 알려주는 것으로, 내가 되고 싶은 존재가 되는 데 조금이라도 보탬이 되고자 하는 살뜰함이었을 것이다.

어떤 밑줄은 자기 자신을 이해하기 위해서가 아니라 타인을 이해하기 위해서 그어지기도 하는 법이다. 그 밑줄은 아마도 사랑의 다른 이름이며, 나를 완성시킨 나머지 2할일 것이다.

만든 사람과 본 사람

태어나 맨 처음 '만든 이'를 만나본 것은 고등학교 2학년 때다. 나는 광주에서 고등학교를 졸업했는데, 그곳에서는 아무래도 그럴 기회가 적었다. GV라든가 저자와의 만남, 팬 사인회나 강연회 같은 기회들은 상대적으로 서울에 편중되어 있었고 아무리 광역시라도 해도 지방에서는 그런 일이 흔한 이벤트는 아니었다. 물론 그때 내가 청소년이었던 탓도 있다. 시간과 공간 이동의 자유가 오롯하게 확보되지 않는 대한민국 청소년에게 집-학교-학원 외의 공간에서 특별한 인물을 만나는 일은 시내에서 연예인을 마주치는 것만큼이나 극히 드물었다.

그런데 그날만은 그런 '루틴'을 깨고 싶었다. 왜 하필 그 영화였는지는 모르겠지만, 지금은 제목도 기억나지 않는 어떤 다큐멘터리영화의 GV에 꼭 참석하고 싶었다. 문제는 GV가 열리는 시간이었다. 2000년대 후반 평일 저녁 일곱 시는 대한민국의 성실한 고등학생이라면 학교에서 야간자율학습을 하고 있어야 할 시간이었다. 이전까지는 한 번도 야자를 거른 적이 없던 나는 그날만은 기필코 야자를 '째고' 싶었다. 앓아본 적도 없는 생리통을 이유로 들먹이며 학교를 빠져나왔다. 다행히 초범(?)이었던지라 그날 야자 감독 선생님은 내 고통을 순순히 믿어주었고, 난생처음 불 켜진 학교를 등뒤로 하고 홀로 유유히 운동장을 걸어나오는 경험을 했다.

그날 GV는 시내에 있던 광주극장에서 열렸다. 광주 유일의 독립영화관이었던 광주극장까지는 학교에서 걸어서 삼십 분 남짓 걸렸다. 서늘한 바람이 불어오던 광주천을 따라 걷는 동안, GV는 시작하기도 전인데 이미 마음이 한껏 부풀었다. 곧 있으면 '감독'이라는 존재를 실제로 만나보게 되리라는 기대가 절반, 그 만남을 위해 거짓말까지 불사했다는 의기양양함이 절반이었다. 영화는 기대했던 것보다 시시했지만, 영화가 끝난 뒤 홀로 교복을 입고 가방을 꼭 끌어안은 채 어른들 틈에 앉아 끝까지 자리를 지켰던 기억은 이후에도 오랫동안 나만의 소중한 비밀로 남았다. GV가 끝나고 어른들이 삼삼오오 모여 시내로 술을 마시러 갈 때 나만 혼자 집으로 발걸음을 돌려야 하긴 했지만.

대학을 서울 종로구에 있는 곳으로 진학하게 되면서 그런 일은 더이상 어쩌다 벌어지는 이벤트가 아니게 되었다. 광화문 교보문고에서는 사흘돌이 어떤 저자의 팬 사인회가 열리고 있었다. GV가 예정돼 있는지도 모르고 영화를 예매했는데 상영이 끝나고 감독과 배우가 등장해 놀랐던 적도 있다. 그럼에도 나는 누구의 팬 사인회인지 궁금해 늘 줄의 끄트머리에서 기웃거렸고, 기왕에 참석하게 된 GV에서는 항상 끝까지 자리를 지켰다. 아무리 흔해져도 그런 만남이 가져다주는 설렘은 여전했다.

작은 책방에서 열리는 낭독회에 참석했고 소규모 공연장을 찾아갔다. 작은 영화일수록 GV가 열리는 기회를 놓치지 않으려고 했고 작가와의 만남 행사가 있으면 가장 뒷자리에 앉아 작가가 있는 쪽으로 열혈 눈빛을 쏘기도 했다. 나는 주로 '자리만 차지하는 쪽'을 맡았기에 질문을 하는 일은 거의 없었고 대신 다른 사람들의 반응을 살폈다. 그런 자리에 찾아다니다보면 이런 행사에 참여하는 다양한 듯 특정한 유형의 인간 군상을 파악할 수 있었는데, 일단 GV에는 높은 확률로 'GV 빌런'이라 불리는 존재들이 꼭 한 명씩 있었다. 이들은 자신이 알고 있는 지식과 정보를 과시하는 장으로 GV를 활용했다. 딱히 감독에게 궁금한 것이 있어서라기보단, 그저 존재감을 뽐내기 위한 목적으로 손을 들어 마이크를 넘겨받았다. 문학 관련 행사에서도 꼭 발견되는 이들이 있었는데, 바로 '작가님 작품은 안 읽어봤지만' 유형이다. 행사의 주인공인 작가나 작품에 관심이 있어 참여한 것이 아니라 말 그대로 '그냥 들러본' 경우다. 그런데 어째서인지 꼭 질문 시간에 손을 들어 이 사실을 알리고자 했다. 그런 다음 '한번 읽어보겠다'는 생색으로 끝을 맺었다.

유별난 사람도, 이상한 질문도 있었지만 그래도 '만든 사람'과 '본 사람'이 한데 모이는 그런 자리에서만 만들어지는 기운을 좋아했다. 규모가 크든 작든, 서로를 향한 호기심이 일렁이는 공간의 긴장이 좋았다. 문학 기자가 되고 난 후 들어오는 이런저런 행사 진행 제안을 거절하지 않았던 데는 나 역시 숱하게 그런 행사를 쫓아다녀본 경험이 있었기 때문이다. 관객석이 아니라 작가의 옆자리에 앉는다면 그 공간에 대한 기억이 한층 다채로워질 것 같았다.

첫번째 진행자 데뷔는 우연히 이뤄졌다. 2019년 민음사 편집자들과 식사를 하는 자리에서 이런저런 얘기를 나누다 이혁진 작가의 『사랑의 이해』가 화두에 올랐다. 연애소설이라는 장르적 특성 등의 이유로 지면에 소개할 기회가 없었을 뿐 그 작품을 무척 즐겁게 읽었던 나는 소설의 멋진 점을 늘어놓기 시작했다. 약간 흥분한 상태로 누가 시키지도 않았는데 혼자 소설에 대해 얘기하고 있는 나를 보고 있던 담당 편집자 박혜진씨가 "그럼 이 소설로 북 토크 한번 해볼까요?"라고 제안해왔다. '북 토크를 해보자'는 제안이 나에게 사회를 맡아달라는 의미인 줄은 처음에는 이해하지 못했고, 이해한 뒤에도 이런 질문을 할 수밖에 없었다. "그런데 제가 뭘 하면 되죠?"

『사랑의 이해』 북 토크는 합정동에 있는 작은 북 카페에서 열렸다. 열 명 남짓의 독자들이 카페를 꽉 채웠다. 내가 책을 읽으며 궁금했던 질문 열 가지를 만들어 갔고 그 이후에는 독자들에게 질문을 받았다. 내 질문이 기존 작품의 기둥을 더욱 공고히 세우는 것에 가까웠다면, 독자들의 질문은 작품의 곁가지를 맘껏 펼치며 독서를 더욱 풍부하게 만들었다. 이혁진 작가도 북 토크가 처음이라고 했다. 두 초보는 이게 과연 맞는 건지 아닌지도 모르면서 한 시간 동안 온갖 말들을 쏟아냈고 북 토크가 끝날 때쯤엔 완전히 기진맥진한 상태가 됐다.

그날 밤 집으로 돌아와서 SNS에 '이혁진' '사랑의 이해'를 검색했다. 북 토크에 참석했던 독자들의 후기를 몇 개 찾아볼 수 있었다. 혼자 책을 읽으며 궁금했던 것들과 미처 생각하지 못했던 것들을 알 수 있어 즐거웠다는 말, 작가님 실제로 보니 멋있다는 말, 즐거웠다는 말들을 나중에는 눈감고도 욀 수 있을 정도로 읽었다. 열여덟 살, 광주천을 따라 혼자 광주극장에 GV를 보러 가던 길에서처럼 벅찬 기분이 가슴을 가득 채웠다. 낯선 사람들이 오로지 이 작품을 읽고, 이 작품에 대해 얘기하고 싶다는 공통점만으로 한곳에 모여 특별한 시간을 잠시 공유하는 일이 얼마나 마법 같은지. 책을 읽는 행위가 결코 혼자만의 일이 아니라는 걸 확인하는 게 얼마나 위로가 되는지. 그건 내가 관객석에 있든, 사회자의 자리에 있든, 어쩌면 저자의 자리에 있어도 마찬가지의 경험일 게 분명했다. 우리는 서로를 만나고 싶고 확인하고 싶었던 것이다. 시간이 흘러 『사랑의 이해』는 드라마로 만들어졌고 더욱 많은 독자들과 만났다. 드라마를 보면서, 나는 그날 합정동에 모였던 열 명의 독자들을 떠올렸다. 그들도 틀림없이 지금의 나처럼 그때의 추억을 떠올리며 미소를 짓고 있으리란 생각을 했다.

이후로도 다양한 공간에서, 여러 작가들과 함께 북 토크를 할 일이 있었다. 그러다 팬데믹 시국을 맞이하여 오프라인 만남이 어려워졌고, 유튜브 실시간 라이브나 줌 미팅 같은 형태를 통해서 독자들을 만나는 경우가 더 잦아졌다. 처음에는 채팅 창으로 올라오는 독자들의 질문을 따라가는 것만으로도 버거웠다. 이모티콘이 아니라 얼굴을 보고 반응을 살필 수 있었으면 어땠을까 싶어서 못내 아쉬웠다.

하지만 한 가지 장점만은 확실하다. 2023년 광주광역시에 사는 열여덟 살 여고생은 줌이나 유튜브 라이브를 통해 얼마든지 서울에 사는 작가와 만나고 그들의 얘기를 들을 수 있다는 사실이다. 작가와 감독이 궁금해서 서울에 있는 대학에 가야만 했던 2008년의 한소범은, 2023년이라면 더 이상 그럴 필요가 없었다. 어디에 있든 이제 우리는 서로를 알아챌 수 있고 연결될 수 있다.

장래 희망은 좋기도 나쁘기도 한 사람

장래 희망으로 떠올릴 수 있는 직업의 가짓수가 적었던 어린 시절, 어른들이 "나중에 커서 뭐가 될래?"라고 물으면 일단 "훌륭한 사람"이라고 답했다. 그러면 칭찬을 받을 수 있었다. 어른들이 칭찬을 해줬던 이유는 '훌륭하다'는 표현이 담보하는 '포부'가 있기 때문일 것이다. 훌륭한 의사, 훌륭한 대통령처럼 부와 명예, 권력 같은 것이 뒤따르는 사회적으로 성공한 직업에 보통 '훌륭하다'는 수식이 붙는다. 그래서 어릴 때는 '훌륭한 사람'이 가장 되기 어렵다고 생각했다. 그런데 한 살씩 나이들어갈수록 '훌륭한 사람'보다 더 되기 어려운 것이 있다는 걸 깨달았다. 바로 '좋은 사람'

이었다.

누군가를 소개할 때 가장 애매한 표현 중 하나가 '사람 좋다'는 말일 것이다. '사람이 좋다'라는 평서문보다는 주로 접속부사 '그런데'와 붙어 '사람은 좋은데'로 활용되는 것에서도 알 수 있듯, '사람 좋다'는 말이 꼭 칭찬인 것은 아니다. 특히 일에 있어 '사람 좋다'는 평가는 성격은 착하지만 업무 능력은 뒷받침되지 않는 인물에 대한 설명으로 매우 교묘하게도 사용된다. 이 애매함은 '좋다'는 표현의 광범위한 정의에서부터 비롯한다. 성질이나 내용 등이 훌륭할 때도, 사람의 성격이 착할 때도, 신체적 조건이 좋을 때도, 날씨가 화창할 때도, 어떤 대상이 마음에 들 때도, 우리는 '좋다'라는 형용사를 쓴다.

특히 특정 인물에 대한 소개로 쓰일 때 이 '좋다'는 표현은 서로 충돌을 일으킬 수밖에 없다. 한 명의 사람은 사회 속에서 다양한 정체성을 가진다. 자식이고, 연인이고, 동료이고, 부모이고, 친구이고, 직업인이다. 그리고 많은 경우 '좋은 자식'이면서 '좋은 배우자'이기 어렵고, '좋은 동료'이면서 '좋은 부모'이기 어렵고, '좋은 친구'이면서 '좋은 연인'이기는 어렵다. 그런데 좋은 딸이면서 좋은 친구면서 좋은 연인이면서 좋은 동료인, 모든 상대에게 '좋은 사람'인 그런 사람은 정말 불가능할까? 나는 오랫동안 그것이 궁금했다.

어린 시절 나는 친구들과 싸우지 않는 어린이였다. 어릴 때는 친구들과 싸우지 않기만 해도 '착한 어린이'라며 칭찬을 들을 수 있었다. 하지만 싸우지 않는 것은 결코 착함의 증명이 아니었다. 갈등 상황을 마주하고 해결할 자신이 없어서 다만 숨어버리는 것에 불과했다. 돌이켜보면 나는 착한 어린이가 아니라 도망치는 어린이였다.

도망치는 어린이는 자라 도망치는 연인이 되었다. 나는 애인에게 불만이나 서운한 것이 있을 때 그것에 대해 터놓고 말하기보다는 나만 보는 일기장에 쌓아두는 편이었다. "왜 그러는데?"라고 되묻기보단 "됐다. 말을 말자"라고 대충 봉합하고 벗어나려 했다. 물론 그건 헤어지는 순간으로 나아가는 것에 불과했다. 그런 실패를 자주 반복했다.

학창시절 친구와의 갈등은 학교를 졸업하면 그만이었고, 연인과의 갈등 역시 헤어지면 그만이었다. 문제는 일터에서였다. 일은 가혹한 성질이 있어서 결코 내가 '좋은 사람'이라는 안전지대에 머무르도록 내버려두지 않았다. 무엇보다 '기자'라는 일의 속성이 그랬다. 기자는 이슈가 되는 것들 중 알릴 만한 가치가 있다고 판단되는 일들에 개입해 이를 기사라는 형태로 가공해 중계하는 직업이다. 그런데 이때 '이슈'가 되는 것들은 대개 사회적 합의가 아직 이뤄지지 않은 주제인 경우가 많았다. 정치 이슈든, 사회 이슈든, 애초에 이슈가 된다는 것 자체가 사회 구성원들의 다양한 의견이 공존한다는 의미였다. 물론 갈등은 합의와는 상관없이 사회가 존재하기 위한 필수 요소였다. 그런데 하필 내 직업이 그 갈등을 중계하는 일이었던 탓에 나는 누군가에게는 매번 '나쁜 사람'일 수밖에 없었다. 게다가 단순히 갈등을 중계하는 것을 넘어, 때론 갈등을 더 부추기는 꼴이 되기도 했다. 좋은 사람이 되고 싶었는데, 기사에 달리는 댓글들을 볼 때마다 나는 '좋은 사람'은커녕 '욕먹는 사람'이 되었다는 것을 실감했다.

무엇보다 '좋은 사람'이라는 말이 결코 모든 하위 정체성을 포괄하는 표현일 수 없다는 사실은 '좋은 선배' 되기의 실패에서 더욱 확실해졌다.

사회부 경찰팀 기자는 그해 들어온 수습기자들의 교육을 담당하는 역할도 한다. 사수로서 담당하게 된 수습기자의 보고를 받고 일을 지시한다. 2018년 그곳에서 근무하며 수습기자들을 맡게 되었을 때, 나 역시 이제 막 수습 티를 벗은 삼 년 차 풋내기 기자에 불과했다. 선배의 정체성보다는 후배의 정체성이 더 익숙한 나에게 갑자기 생긴 후배들은 어떻게 대하면 좋을지 모르겠는 당황스러운 존재였다.

사실 신문사에서 수습기자와 담당 사수의 관계성은 이미 어느 정도 정해져 있다. 수습기자의 근무 환경은 갓 사회생활을 하게 된 초년생이 겪기엔 무척 가혹하다. 종일 사건 사고 현장과 경찰서를 헤매고 다니는 것이 수습기자의 일이라, 잠시라도 긴장을 놓았다간 위험할 수도 있었다. 그래서 '긴장을 놓치지 않게 한다'는 명목하에 선배들은 '두려운 존재'가 되어야만 했다. 새벽 다섯시 첫 보고에서부터 자정 넘어 마지막 보고를 할 때까지 사수는 수습기자의 기상과 취침 시간까지 정할 수 있는 절대적인 존재였다. 선배가 엄하면 엄할수록 가혹하면 가혹할수록 후배는 긴장을 할 수밖에 없었고, 그를 만족시키기 위해서라도 더 열심히 배울 수밖에 없었다.

하지만 선배가 엄할수록 후배가 좋은 기사를 쓸 수 있다는 것을 난 믿지 않았다. 그래서 내가 배웠던 방식이 아니라 다른 방식으로 후배들을 교육했다. 힘들 것 같은 추가 취재는 당일이 아닌 다음날로 미룰 수 있도록 했고, 매번 보고를 받을 때마다 고생했다는 말을 잊지 않으려고 했고, 온화하고 인자한 선배가 되려고 했다. 그런 선배가 좋은 선배라고 생각했다.

그렇게 육 개월이 지나고, 그해 입사한 여섯 명의 수습기자 중 정작 가장 먼저 일을 그만둔 것은 내가 도맡았던 후배였다. 수습을 뗀 지 한 달도 채 지나지 않았을 때 그는 '기자가 적성에 맞지 않는다'며 사표를 썼다. 이 일은 적성에 맞는 것이 부자연스러울 정도로 고생에 따른 보상이 적은 일이었다. 그러니 '적성에 맞지 않는다'는 더 부연할 것도 없이 명쾌한 퇴사 이유였다. 그럼에도 불구하고 나는 그가 그만둔 것이 어쩐지 내 탓 같았다. 다른 선배들은 농담처럼 "네가 애를 너무 굴린 거 아냐?"라며 놀렸지만 나는 오히려 '너무 안 굴려서 그만둔 것이 아닌가'라는 자책을 했다. 스스로 '좋은 선배'이고자 하는 욕심을 부리다가, 정작 후배가 충분히 배우고 깨달을 기회를 빼앗은 것은 아닐까? 어쩌면 애초에 나는 '좋은 선배'이기보단 '미움받지 않는 선배'가 되고 싶었을 뿐인 것은 아닐까?

좋은 선배는 어떤 순간에는 나쁜 선배여야만 했을 것이다. 나 역시 한때 나를 괴롭힌다고 생각했던 선배들이 실은 내가 잘되기를 바랐던 사람일지도 모른다는 생각을 오랜 시간이 지난 다음에 했다. 물론 그렇다고 해서 명백한 괴롭힘까지 면죄부가 주어져서는 안 될 것이다. 하지만 '명백하게 나쁜 사람'만큼이나 '명백하게 좋은 사람'도 존재하지 않을지도 모른다고, 나는 어렴풋이 생각했다.

어떤 순간에는 나쁘게만 보였던 것들이 실은 좋았던 것이기도 했고, 좋다고만 여겼던 것들이 결과적으로 나쁜 것이기도 했다. 세상은 단순하게 좋고 단순하게 나쁜 것이 아니라 복잡하게 좋고 복잡하게 나쁜 곳이었고, 마찬가지로 사람 역시 복잡하게 좋고 복잡하게 나쁜 존재였다. 그래서 '좋은 사람' 되기가 이토록 어려운 것이었다. 나는 어느 순간 '좋은 사람' 되기를 포기했다. 더이상 나에게 장래 희망을 물어보는 어른은 없지만, 언젠가 누군가 내게 물어온다면 이렇게 답할 것이다. 제 꿈은, 복잡하게 좋기도 나쁘기도 한 사람입니다.

ISFJ도 기자 할 수 있나요?

오래전 봉준호 감독에게 사인을 받은 적이 있다. 대학생 연합 영화 동아리 초청 강연 뒤풀이 자리였던 것으로 기억한다. 그때 봉준호 감독은 이미 〈괴물〉(2006)로 천만 감독이었던 때라 강연 규모도 무척 컸다. 모두가 뒤풀이 자리에서 봉감독과 같은 테이블에 앉고 싶어했지만 불가능했고, 나는 봉감독님 테이블과 가장 멀리 떨어진 자리에 앉아 그의 풍성한 뒷머리만 연신 힐끔거렸다. 그러던 중 자연스럽게 사인을 받는 분위기가 만들어졌고 나는 그 틈을 타 갖고 있던 노트를 챙겨 사인 줄에 섰다.

그렇게 한참을 기다린 끝에 마주한 봉감독님은 이미 만

취한 상태였다. "성함이 어떻게 되시죠?" 식당의 소음을 뚫기 위해 나는 크게 외쳤다. "한, 소, 범이요!" 이름이 너무 인상적이었던 탓일까? 돌려받은 노트에는 감독님의 이름은 없고 한소범 내 이름 석 자만 한글 정자로 크게 적혀 있었다. 그러니까, 봉준호의 이름과 그 아래 작게 한소범님께라고 적힌 사인이 아니라, 그냥 봉준호 감독이 내 이름만 크게 적은 사인이 됐다. 나는 사인을 다시 해달란 말은 하지 못하고 그냥 돌아섰다.

필적 확인을 거치지 않고서는 그 어디에서도 봉준호의 사인임을 알아차릴 수 없게 된 이 '망한 사인' 일화는 내 삶을 요약하는 에피소드다. 긍정적으로 생각하면 이렇게 풀이해볼 수 있다. 만일 봉감독님이 멀쩡한 정신에 멋진 필치로 사인을 해주었다면 그 노트는 온갖 책과 잡동사니에 뒤섞여 구석에 처박혔을 것이다. 그런데 하필이면 봉감독님이 만취했고, 하필이면 식당이 시끄러웠고, 하필이면 내 이름이 인상적이었던 탓에 사인이 망했고, 덕분에 나는 두고두고 사람들을 즐겁게 해주는 술자리 안주를 갖게 됐다. 훗날 셀럽 맷의 〈영혼의 노숙자〉라는 팟캐스트를 듣다가 이런 일화에 붙일 수 있는 적절한 설명을 찾았다. "눈물 닦으면 다 에피소드"다.

그 이후로 '눈물 닦으면 다 에피소드'는 내 인생의 좌우명이 됐다. 좌우명으로 삼지 않을 수 없었던 이유는, 그게 내 삶의 좋은 변명이 되어줬기 때문이다. 나는 대개 망한 상황을 그 자리에서 바로잡지 못했다. 원인이 무엇이건 간에 망한 상황을 그냥 받아들였다. 망한 머리, 망한 수선, 망한 관계. 그냥 다 받아들였다.

좋게 말하면 긍정적이고 나쁘게 말하면 호구. 장점은 모든 실패에서 교훈을 발견해내는 것이고 단점은 싸울 용기가 없어 내빼는 게 습관인 나에게 "눈물 닦으면 다 에피소드"라는 말은 자책에서 도망칠 좋은 구실이었다. 그래, 난 용감하지 못한 게 아니야. 난 긍정적인 거지. 세상에 나쁜 사람들은 없어. 나쁜 상황만 있을 뿐이지. 지나가면 다 괜찮아질 거야.

문제는 이런 회피형 긍정주의자가 기자가 되었을 때 생긴다. 세상을 날카롭게 해부하고 비판적으로 분석해야 하는 기자라는 직업에 내 성격은 아무래도 적합하지가 않아 보였다. 나는 눈물도, 연민도, 겁도 너무 많았고, 그래서 이성적인 상황 판단을 내리지 못했다. 때로는 맞부딪쳐야 바로잡히는 상황도 있는 법인데 부딪칠 용기가 없어 자주 도망쳤다.

가장 도망치고 싶었던 취재 장소 중 하나가 바로 장례식장이었다. 어떤 죽음들은 고요한 애도로 끝나지 못했다. 갑작스럽거나 억울한 죽음들이 세상에는 너무 많았다. 유족들은 비통함을 추스를 겨를도 없이 사회의 관심 한가운데로 끌려나왔다. 슬픔을 헤치고 나아가 그 유족들에게 이야기를 이끌어내야만 했는데, 나는 유족들에게 다가가기는커녕 장례식장 안으로 발을 들이지도 못했다. 장례식장 주위만 빙빙 맴돌며 혼자 울었다. 장례식장에서, 경찰서에서, 사건 현장에서, 나는 매번 도망치고 싶은 기분과 싸웠다.

그런 내가 쓸 수 있는 기사도 뻔했다. 비리 고발보다는 미담 기사가 좋았다. 다행히도 세상에 미담은 많았다. 사람들은 타인을 위해 기꺼이 희생했고, 상처를 회복했고, 문제를 개선했다. 멋진 일들을 해내는 사람들을 보면 신이 났고, 그들의 성취를 얼마나 더 멋지게 담아낼 수 있을지 골몰했다.

물론 눈치는 보였다. "그렇게 물러서 어떻게 기자 할래?"라는 말에 와하하 웃고 지나치지 못했다. 어떻게 기자 할래?라는 상대의 말을 난 역시 기자가 안 맞아, 라는 혼잣말로 치환해 질질 끌고 다녔다.

유행하는 MBTI 유형 검사를 해봤더니 ISFJ라는 결과가 나왔다. '용감한 수호자' 유형인 ISFJ의 성격적 특징은 이렇다. "남에게 싫은 소리를 잘 못하며 싫은 소리를 들은 경우엔 티는 안 내지만 속상해하고 곱씹는다" "화를 잘 안 낸다. 보통은 그럴 수 있지 하고 넘어간다" "잔걱정이 많다" "부탁하거나 신세 지는 것을 어려워한다" "사소한 것에도 영향을 크게 받는 편이다". 이런 ISFJ들에게 적합한 직업 유형은 사회봉사직, 의료직, 교직, 중간 관리직 등이다.

ISFJ를 분석한 그 어떤 글에서도 기자가 어울린다는 말은 찾아볼 수 없다. 저널리스트에 잘 어울리는 성격 유형은 ENTP(논쟁을 즐기는 변론가)나 ESTP(모험을 즐기는 사업가) 등으로 나온다. 지적이고, 도전을 두려워하지 않고, 호기심이 많고, 모험을 즐기는 이들이다. MBTI 검사를 얼마나 신뢰할 것인지와는 별개로, 으레 기자라는 직업에 필요할 법한 요소처럼 들린다. 그리고, 나는 하나도 갖지 못한 성격들이기도 하고.

'내 성격은 아무래도 내 직업과 도저히 맞지 않는 것 같다'는 자책을 '나 같은 성격도 하나쯤 있어줘야 이 바닥도 구색이 다양해지지 않겠어?'라는 뻔뻔스러움으로 세뇌하기까지는 오랜 시간이 걸렸다. 사실 지금도 완벽하게 세뇌

되진 못했지만, 그럼에도 불구하고 무려 칠 년이나 이 일을 할 수 있었던 것은 문학의 역할이 컸다. 문학 담당을 하며 무엇보다 좋았던 것은, 미담만으로도 쓸거리가 넘쳐난다는 것이었다. 좋은 작품은 늘 있었다. 좋은 작품을 찾아내 좋은 말을 펼쳐 보이기에만도 지면이 모자랐다. 굳이 아쉬운 작품을 찾아내 별로였던 이유를 늘어놓을 필요가 전혀 없었다.

물론 상찬만이 능사는 아니다. 때로 어떤 작품은 누군가 아쉬운 점을 말해주었기에 비로소 더 나아질 수 있는 가능성을 발견하게 된다. 그런 아쉬움조차도, 기저에는 기대가 있다. 더 날카롭고, 더 냉철하고, 더 분석적이지 못한 자신이 한심해질 때 신형철 평론가가 자신의 첫 책에서 한 이 말을 떠올렸다. 그러면 이런 나라도 좋은 기자가 될 수 있을지도 모른다는 행복한 착각을 하게 된다.

> 나에게 비평은 아름다운 것들에 대해 아름답게 말하는 일이다. 아름다운 글을 쓰고 싶다고 말할 때 나는 절박하다. 나는 부조리하고 이기적이며 무책임한 사람이다. 많은 상처를 주었고 적은 상처를 받았다. 이 불균형 덕분에 지금까지 살아왔고 앞으로도 살아갈 것이다.*

ISFJ에게는 이런 특징도 있다. "상상력과 타고난 섬세함으로 그들의 자애로운 마음을 표현함으로써 상대방의 가슴을 진심으로 울리는 데 이들보다 더 천부적으로 소질이 있는 이들도 없을 것입니다." ISFJ도 기자 할 수 있느냐고 누가 묻는다면 나는 답할 수 있다. ISFJ가 쓰는 기사가 얼마나 멋지게요?

---

* 신형철, 『몰락의 에티카』, 문학동네, 2008, 8쪽.

'그럴 연차'와 원고지 계산법

벌써 이 년 전의 일이 되었지만, 친구가 회사에서 과장이 되었다며 새 명함을 건네온 적이 있다. 세상에, 과장이라니! 지금의 회사에 입사할 때 함께 학교 중앙도서관에서 입사 지원서를 읽었던 기억이 생생한데, 신입 사원 무렵 회사 다니기가 너무 힘들다며 퇴근길에 엉엉 울며 걸어온 전화를 받았던 게 엊그제 같은데, 내 머릿속 과장이라는 존재는 드라마 〈미생〉에 나오는 영업3팀 '오과장'님이 유일한데, 네가 과장이라니! 호들갑을 떨자 그가 심드렁하게 말했다. "내가 회사 입사한 게 2013년인데?"

친구 말처럼, 입사한 것이 2013년이니 그때 벌써 구 년 차 직장인인 셈이었다. 회사마다 다르겠지만 그 연차에 과장이 되는 것은 자연스러운 일이었다. 친구가 회사에 다닌 시간을 셈하다, 자연히 나의 시간을 셈해보게 됐다. 친구의 월급날마다 대학생, 백수라는 핑계로 늘 얻어먹기만 한 지 정확히 삼 년 뒤에 나 역시 회사원이 됐다. 그 말인즉슨, 나 역시 '과장' 연차가 머지않았다는 뜻이었다.

그저 매일 출근했을 뿐인데, 어느새 '팔 년 차' 직장인이 되어 있었다. 천방지축 우당탕탕 매일의 일을 '쳐내다'보니 나이는 켜켜이 쌓여갔고, 그와 함께 '일'의 나이도 쌓여갔다. 하지만 나는 여전히 내가 '곧 과장'의 연차라는 사실이 도무지 믿기질 않았다. 무엇보다 나는 오과장님만큼 일의 '전문가'가 아니었다.

스물여섯 살에 지금의 회사에 입사해 팔 년 차가 되기까지 총 네 개의 부서를 거쳤다. 이제 좀 일이 손에 익을 만하면 새 부서로 발령을 받는 것이 종합 일간지 기자의 운명이었다. 디지털뉴스부, 사회부, 문화부, 멀티미디어부까지. 새 부서로 옮겨갈 때마다 다시 일 년 차가 된 것처럼 일을 배워야 했다. 매너리즘에 빠질 겨를이 없다는 장점도 있지만, 나쁘게 보자면 전문성을 쌓을 만큼의 충분한 경험 없이 늘 미숙련의 트랙에서 전전긍긍해야 하는 것이 기자의 일이었다. 물론 어느 정도 부서를 거치고 나면 그중 적성에 가장 잘 맞는 부서가 어디인지 알게 되기도 하고, 그때쯤엔 제법 '전공'이라 부를 만한 취재 영역도 생긴다. 하지만 문제는 '어느 정도 부서를 거치기'까지 매우 오랜 기간이 걸린다는 사실이었다. 처음 입사할 땐 막연히 십 년 차쯤 되면 이 일을 할 만큼 했으리라고, 다른 일을 하고 싶어질 것이라고 생각했다. 그런데 정작 까마득하게 먼 날이라고 생각했던 십 년 차가 곧 다가오지만 나는 여전히 신입 사원 같은 기분이었다.

일의 시간이 잘 체감되지 않았던 데는, 입사했을 때도 지금도 늘 '평기자'라는 이유도 작용했다. 기자에게는 일반적인 회사원처럼 연차에 따라 생기는 직급이 없다. 십오 년 차까지는 취재 기사를 쓰는 평기자고 십오 년 차쯤 되어서야 처음으로 차장 '승진'을 경험하게 된다. 차장이라곤 하지만 취재하고 기사를 쓰는 일의 형태는 그대로고 여기에 팀원들의 기사를 '데스킹'하는 업무가 추가될 뿐이다. 그래서 회사 내에서도 부장 정도가 아니고서야 모든 상사는 '선배'로 통칭한다. 일 년 차 기자에게는 삼 년 차도, 십 년 차도, 십오 년 차도 똑같은 '선배'인 것이다. 비슷한 시기 일반 기업에서 일을 시작한 친구들이 사원과 주임과 대리와 과장과 차장을 거치는 동안 나는 어제도 오늘도 내일도 그저 '기자'일 뿐이었다.

친구들이 과장이 되고 팀장이 되는 동안 나는 여전히 일 년 차 때와 똑같은 일을 하고 있다는 생각, 결혼이나 내 집 마련 같은 나이에 맞는 과업을 제대로 완수하지 못하고 있다는 생각으로부터 시작된 '그럴 연차'와 '그럴 나이'에 대한 생각은 초조함으로 이어졌다. 그런데 이 '그럴 연차'에 대한 초조함을 해소해준 것은 의외로 한 만화의 완결 소식이었다.

2014년 9월 연재를 시작한 천계영 작가의 만화 『좋아하면 울리는』이 2022년 4월 완결됐다. 약 팔 년간의 여정을 마무리하며 천계영 작가는 트위터에 이런 소감을 남겼다.

> '좋아하면 울리는' 마지막 회가 오늘 업로드되었습니다. 2014년에 시작해 8년 만에 결말을 냈습니다. 작품 할 때마다 기본 4년씩은 해서 '전공을 하나 더 할 수 있는 시간이 걸렸구나' 하는 저만의 셈법을 가지고 있어요. 이번에는 건강 문제로 전공을 두 개 할 수 있는 시간을 바쳤네요. ㋛
>
> 연재를 마칠 때마다 '전공을 새로 더 하는 것보다 이 작품을 통해 더 많은 걸 배웠나?'라는 이상한 비교를 해봅니다. 그

렇게 질문하면 늘 잘 모르겠어요. 그래도 이번 8년은 아깝지 않게 잘 보낸 것 같습니다. (……)

'전공을 하나 할 시간'. 천계영 작가는 작품 하나를 할 때마다 소요되는 사 년이라는 시간을 대학에서 전공 하나를 이수하는 시간으로 환산하고 있었다. 그렇게 셈하자 '사 년'이라는 시간의 의미가 또렷해졌다. 팔십 년 남짓의 긴 인생 중 사 년은 한없이 짧은 시간일지도 모른다. 하지만 그 사 년이 대학에서 전공 공부 하나를 해내는 기간이라고 할 때, 시간의 밀도는 높아진다. 많은 사람이 죽을 때까지도 학사 전공을 자신의 주요 정체성으로 삼는 이유일 것이다. 나부터도 고작 사 년뿐이지만 국문학과와 영상학과에서 보낸 그 시간을 여전히 나라는 사람의 중요한 정체성 중 하나로 삼고 있었다.

작가에게는 세상에서 흔히 통용되는 시간의 단위가 적용되지 않을 것이다. 하지만 그런 것과 아무 상관 없이, 천계영 작가가 이십오 년 동안 늘 한결같이 작품의 수준을 유지하며(때로는 이를 뛰어넘으며) 일해올 수 있었던 까닭은 '전공을 하나 할 시간'이라는, 일의 진전과 성과를 측정하는 자신만의 시간 기준이 있었기 때문일 것이다. 그리고 그

것이 내가 유치원생일 때도, 과장 연차의 직장인이 된 지금도 여전히 현역 만화가인 천계영의 비결일지 몰랐다. '그럴 나이' '그럴 연차'라는 세상의 단위는 어쩌면 전혀 중요하지 않았다.

물론 그렇다고 해서 만화가가 아닌 내가 천계영의 시간 단위로 살 순 없었다. 나는 내 일의 단계를 측정할 나만의 단위가 필요했다. 곰곰 생각해보니, 내게도 매일같이 사용하고 또 무엇보다 익숙한 단위가 있었다. 200자 원고지의 '매수'였다. 대부분의 사람이 온라인에서 기사를 읽지만, 여전히 기사의 기본 서식지는 '신문'이다. 손으로 글을 쓸 때부터 사용하던 '매수'는 여전히 신문기자들이 기사를 쓸 때 기준으로 삼는 단위다. 신문의 톱(메인) 기사는 200자 원고지 기준 10매, 박스(딸림) 기사는 7매. 그렇게 그동안 내가 써왔을 글의 분량을 셈해보았다. 일주일에 10매짜리 톱 기사 하나, 7매짜리 박스 기사 두 개를 썼다고 할 때 대략 원고지 8,000매 가까이 글을 써왔다는 계산이 나왔다. 장편소설 한 권이 보통 원고지 1,000매 내외라고 할 때 여덟 권의 장편소설이 될 수 있는 분량이었다.

백지상태의 워드 창을 켜서 첫 문장의 커서를 뗀 다음 단어와 문장과 문단으로 조합해 최종적으로 기사라는 형태로 만들어내는 이 일을, 매번 막막해서 어떻게 해내나 싶은데도 매번 어떻게든 하게 되는 마감을 칠 년 동안 하고 나니, 장편소설 여덟 권이 나와 있었다. 물론 아무런 주제적 일관성이 없는 기사 수십 편과 많은 공력이 들어가는 한 권의 장편소설을 단순 비교할 순 없을 것이다. 기사 수십 개를 썼다고 해서 세상 누구도 내가 장편소설 하나를 써냈다고 인정해주진 않을 것이다. 하지만 아무래도 상관없었다. 원고지 8,000장의 산을 이룬 것이 다름 아닌 나 자신이라고, 내가 그만큼 열심히 일해왔다는 것을 누구보다 내가 아니까. '곧 과장'이거나 말거나.

제가 마흔아홉 살까지 회사 다닐 팔자라고요?

흔히 직장인 삼 년 차에 찾아온다는 '삼 년 차 신드롬'을 나 역시 겪었다. 아무리 생각해도 기자가 적성에 안 맞는 일 같았고, 몸도 마음도 너무 힘들었다. 주요 부서에서 굵직한 단독 기사를 척척 써내며 제 몫을 해내고 있는 동기들에 비해 나만 여전히 잰걸음을 하고 있는 것 같았다. 혹시 이직을 하려면 지금이 타이밍인 건 아닐까? 더 늦으면 기회를 놓치는 건 아닐까? 어쩌면, 내게 정말 잘 맞는 일은 따로 있지 않을까? 그런 의심이 불쑥불쑥 들었다. 물론 그렇다고 그럴듯한 대안이 있는 것도 아니었다. 그저, 혹시라도 내가 모르는 나의 다른 가능성이 있지 않을까 막연한 기대가 자꾸만 마음을 붕 뜨게 했다.

스스로는 도저히 그 가능성이 무엇인지 알 수가 없어서, 나는 내 팔자소관을 따져보기로 했다. 친구와 함께 직장인 사주를 잘 본다는 홍대의 한 사주 카페를 찾아갔다. 카페라기보단 다방에 가까운 인테리어에 곳곳에 커다란 식물들이 한자리씩 차지하고 있는 곳이었다. 카페 사장님이 사주를 보는 건 아니었고 역술인분이 카페에 약간의 자릿세를 내고 공간을 사용하는 것 같았다. 그래서 한쪽에서는 사주와 무관한 카페 고객들이 음료를 마시며 수다를 떨고 있었고 한쪽에서는 사주 고객들이 진지한 얼굴로 자신의 운명을 전해듣는 독특한 풍경이 펼쳐졌다. 삼십 분간 이어진 친구의 사주 풀이에 이어 드디어 내 차례가 됐다. 피가 되고 살이 될 여러 가지 말을 전해들었지만, 지금까지 명확하게 기억나는 건 이 한 가지다. "회사 체질이야. 적어도 마흔아홉 살까지는 회사 다녀야 돼."

그 말은 절망적인 동시에 묘하게 안도감을 불러일으켰다. 이직 가능성에 대해 물어보러 간 것이었으면서, 혹시라도 회사가 나랑 정말 안 맞으니 당장 그만두라고 하면 어떡하지? 하는 불안이 내심 있었던 것이다. 어쩌면 내게도 사업가가 될 자질이나, 예술가로서 숨겨진 재능이 있을지 몰

라. 그런 상상은 근거가 있는 것이 아니라 그냥 여기가 아닌 다른 삶의 가능성에 대한 기대로만 제 효용을 다하는 것이었다. 그런데 누군가 내게 "아닌데? 너 회사 잘 맞는데?"라고 해버리자 의외로 손쉽게 인정하게 됐다. 맞다. 난 사실 회사를 좋아했다.

내가 그토록 회사 체질인 나 자신을 부정하고 싶었던 이유는 '회사 체질'이라는 말에 담긴 함의들 탓이다. 변화를 좋아하지 않을 것 같고, 보수적일 것 같고, 호기심이 없을 것 같고, 열정적이지 않을 것 같고, 고리타분할 것 같다는 어떤 편견들이 '회사 체질'이라는 수식어에 작용한다. 물론 어느 정도는 맞는 말이기도 하다. 특히 해고가 어렵고 안정적인 조직일수록 이런 회사 체질의 사람들이 한자리씩 차지하고 앉아 경직된 조직문화를 만드는 것을 익히 봐왔다. 이직하지 않고 한 회사에 삼 년 이상 다니는 사람은 능력이 부족한 것으로 평가받는다는 스타트업 업계가 기존 기업들보다 더 유연하고 생산성 좋은 조직으로 인식되는 것 역시 같은 맥락일 것이다.

하지만 현재 여전히 회사를 잘 다니고 있는 직장인(일반 회사로 따지면 과장 일 년 차쯤 될 것이다) 입장에서, 나는 이 회사 체질이라는 말에 약간 반발하고 싶은 마음이 든다.

한 회사를 칠 년째 다니고 있다는 것은 무엇을 의미하는가? 여전히 종종 실수를 저지르지만 실수의 뒤처리를 누군가에게 맡기지 않고 스스로 의젓하게 해낼 수 있게 됐다는 것을 의미한다. 매년 하는 연말정산은 여전히 헤매지만 내가 한 해 동안 쓴 돈의 총합을 보고도 놀라지 않게 된다는 것을 의미한다. 그 소비들이 나에게 필요했다는 것을 경험적으로 알게 되었기 때문이다. 무엇보다, 내 일에 대한 책임을 느끼고, 마냥 도망가고 싶다고만 생각하지 않는다는 것을 의미한다. 내가 하는 일을 믿을 수 있게 되었다는 것을 의미한다. 이제야 드디어, 나는 내 일을 믿을 수 있게 된 것이다.

물론 위기가 없었던 것은 아니다. 동기들이 더 높은 연봉을 받는 동종 업계로, 전도유망한 스타트업으로 옮겨갈 때마다 덩달아 엉덩이가 들썩거렸다. 남의 떡이 커 보이듯 남의 회사가 더 재미있어 보이는 것은 어쩔 수 없었다. 하지만 그 모든 남의 떡보다도 나를 가장 좌절하게 만들었던 것은, 마음으로 의지하고 동경하던 여자 선배들이 어느 순간 하나둘씩 회사를 그만두는 것을 보고 있어야만 했을 때였다. 저마다 뛰어났던 선배들이 어떤 문턱 앞에서 결국 회사를 그만두는 선택을 할 때마다, 회사에 내 미래가 없다는 생각이 들면서 한시라도 빨리 다른 살 방도를 찾아야 하는 것은 아닌지 초조해졌다. 물론 임신과 출산, 육아 등의 현실의 책임 앞에서 회사를 그만두는 게 최선의 선택이었던 선배들을 전혀 이해할 수 없었던 것만은 아니다. 그리고 그 모든 물리적 어려움을 뚫고 살아남아 유의미한 역사를 만든 여자 선배들이 회사에 없었던 것도 아니다.

문제는 내가 그렇게 '헤치고 살아남을' 만큼 능력 있고 야망 있는 사람/여자가 아니라는 것이었다. 나는 뛰어난 능력과 리더십으로 앞장서 유리 천장을 뚫는 사람이고 싶지 않았다. 그러기 위해 온갖 궂은일도 마다않고, 매번 빛나는 성취를 이뤄내는 사람이고 싶지도 않았다. 놀랍게도 여성에 한하면, 마흔아홉 살까지 회사에 남아 있는 여자 선배들은 흔히 '회사 체질'이라고 평가받는 사람이 아니었다. 그들 중 열정적이지 않거나, 변화를 좋아하지 않거나, 호기심이 없는 사람은 아무도 없었다. 오히려 그 누구보다도 열정적으로 일하는 사람들이 여자 선배들이었다. 그들이 회사를 그만두고 싶었을 수많은 순간에도 불구하고 회사를 그만두지 않기로 결심했을 때의 그 다짐을 떠올리면 나는 어쩐지 울고 싶은 기분이 들었다. 그들이 안타까워서가 아니었다. 다만, 내가 결국에는 그 선배들일 수 없다는 깨달음 때문이었다.

그러니까 애초에 '회사 체질'이라는 건 존재하지 않는지도 모른다. 누군가는 도전과 모험을 두려워했기 때문에 회사를 오래 다녔고, 누군가는 도전과 모험을 감수해야만 했기 때문에 회사를 오래 다닐 수 있었다면, 나는 그 둘 중 어느 쪽도 아니었다. 나는 대단히 도전적이지도 모험적이지도 않았다. 하지만 나는 계속해서 가능성 있는 존재이고 싶기도 했다. 늘 새롭게 발견되는 존재이고 싶었다. 나는 평범하게 나인 채로, 그냥 내가 할 수 있는 일을 성실하게 해내며 마흔아홉 살까지 회사에 다니고 싶었다. 하지만 나는 그런 롤모델을 회사에서 찾을 수가 없었다. 그래서 나는 마흔아홉 살에 여전히 회사를 다니고 있는 내 모습을 상상할 수 없었던 것이다.

하지만 롤모델이 없다는 것이 내 일을 나만의 방식으로 좋아하는 나를 부정할 이유는 되지 않았다. 나는 칠 년간 꾸준히 선배들이 하지 않았던 방식으로 일을 했다. 정치부, 경제부, 사회부 같은 주요 부서들을 돌아야 나중에 좋은 커리어를 가질 수 있다는 조언도, 저연차 때 한 부서에 오래 머무는 것은 좋지 않다는 조언도, 모두 내게는 들어맞지 않았다. 오기를 부렸던 것은 아니다. 그냥 그 방식이 내게는 맞지 않았다는 걸 스스로 깨쳤을 뿐이다. 마찬가지로 선배들 역시 알지 못했던 것뿐이다. 자신들의 방식대로 내가 일해나갈 수 없으리라는 것을. 당연했다. 우리는 다 자신에게 맞는 방식의 일을 할 수 있을 뿐이니까. 나는 그 어떤 선배들에게도 발견할 수 없었지만 나만의 방식으로 회사 체질인 나를 받아들이기로 했다.

얼마 전 넥슨 그룹에서 게임업계 최초로 정년 퇴직자가 나왔다는 기사를 읽었다. 컴퓨터 학원 강사와 토목 설계 회사를 거쳐 2005년 〈던전앤파이터〉 개발 스튜디오에 입사한 백영진 개발자는 십육 년 오 개월을 일하고 2021년 12월 31일 퇴직했다. 이직과 권고사직이 흔한 게임 개발 업계에서는 처음 있는 일이라고 했다.

저는 여러 게임 개발자를 만나보면서, 나는 지지리도 능력이 없는 개발자라는 것을 느꼈습니다. 단지 게임 개발을 해보고 싶었을 뿐입니다. 그 꿈을 키워왔을 뿐이었어요. 제가 능력이 있었던 것은 아니었습니다. 한번 좋아하는 일을 해보시기를 강력히 권해드립니다. 정말 좋아하는 일을 직업으로 만들어보세요. 게임 개발이 아니어도 좋아요. 정말 좋아하는지 자신에게 물어보세요. 그리고 그 길로 가보세요.*

백 개발자가 회사를 떠나며 개발자를 꿈꾸는 청년에게 남겼다는 조언을 보며 나는 마흔아홉 살에도, 어쩌면 정년퇴직 때까지도 회사에 다니고 있을 나를 상상했다. 그리고 그건, 전혀 절망적이지 않았다.

* 이두현, 「넥슨그룹 첫 정년퇴직자 '백영진'의 소회」, 인벤, 2022. 1. 11. https://www.inven.co.kr/webzine/news/?news=266901

내가 기레기들을 사랑해서

맨 처음 내 이름이 신문에 실렸을 때가 기억난다. 선배 바이라인 밑에 딸린, 정식 기자도 아닌 "인턴 기자 한소범" 이었지만 커다란 신문 한 귀퉁이에 내 이름이 활자로 인쇄된 것을 본 순간 나는 '신문기자'라는 이 직업에 홀딱 반했다. '신문에 이름 날 사주'라는 점쟁이의 예언이 들어맞았다는 것을 확인한 그날, 부모님은 주변에 신문 파는 곳을 수소문해 내 이름이 실린 신문을 사 모았다. 그랬던 부모님도 요즘은 내 이름을 인터넷으로 검색해 기사를 본다. "어제 내 기사 봤어?"라고 물어보면 "뭐였지?"라고 대답하는 날도 많은 걸 보니, 바쁜 날에는 종종 거르기도 하는 것 같다.

여전히 아침에는 조간신문들의 헤드라인을 훑으며 하루를 시작하긴 하지만, 나 역시 처음 신문에서 내 이름을 발견했을 때 같은 감흥은 사라진 지 오래다. 이 직업을 갖고 있지 않은 이상 종이 신문으로 기사를 읽는 사람은 이제 거의 없을 것이다. 지하철이나 식당에서 신문을 읽는 사람들을 마주치면 "근데 왜 신문을 보세요?"라고 물어보고 함께 인증 사진을 찍고 싶을 정도다. 인터뷰를 한 취재원 중에는 기념으로 자신이 실린 신문을 갖고 싶은데 주변에 아무리 돌아다녀도 구할 수가 없다며 신문을 보내달라고 요청하는 사람들도 많다. 확실히 '신문'기자는 구시대적이고 고리타분한 느낌이 든다. 그럼에도 불구하고, 나는 언젠가 사라질지도 모를 이 희귀한 직업이 좋다.

기자라는 직업을 좋아하기 전에, 기자들을 먼저 좋아하게 됐다. 2016년 수습기자로 입사하기 전 삼 개월간 문화부에서 인턴으로 일했다. 실제로 기자를 본 것은 그때가 처음이었는데, 온갖 책과 종이에 둘러싸여 미간을 잔뜩 찌푸린 채 노트북 자판이 부서져라 두들기는 예민한 사람들이 한곳에 전부 모여 있었다. 그러다 저녁 여덟시쯤 되면 회사에 막 인쇄되어 잉크도 채 다 마르지 않은 신문 초판이 배달돼 왔다. 뜨끈뜨끈한 신문을 펼쳐보면 거기에 종일 선배들이 자판이 부서져라 두들긴 기사들이 실려 있었다. 아침부터 쓴 글이 저녁이 되면 종이에 인쇄되고 다음날 아침이면 전국에 뿌려지는 곳. 그렇게 매일매일 뭔가를 써내며 자신의 노동을 해내는 사람들. 신문사는 신기한 곳이었고, 신문기자들은 그 신기한 일을 해내는 사람들이었다. 그렇게 매일 마감을 하는 선배들 사이에 있다보니 '이 사람들과 함께하고 싶어서 이곳의 직원이 되고 싶다'던 드라마 〈미생〉 속 '장그래'의 심정을 알 것 같았다.

정작 선배들은 "선배처럼 되고 싶어요. 어쩌면 그래서 기자가 되고 싶어요"라고 멋쩍게 말하는 나를 보며 복잡한 표정을 했다. "기자는 참 좋은 직업이니 열심히 해서 기자가 꼭 되렴"이라고 말하는 선배는 한 명도 없었다. 오히려 "지금이라도 늦지 않았으니 다시 생각해봐"라며 말리는 선배들이 더 많았다. 그때는 그런 말을 하는 선배들이 의아했다. 위악이라고도 생각했다. 정작 자신은 기자가 되고 싶어서 기자가 됐고, 여전히 기자 일을 하고 있으면서, 기자가 되고 싶다는 후배에게는 그 일을 하지 말라며 뜯어말리는 것은 어떻게 봐도 모순됐으니까. 물론 선배들은 말은 그렇게 하면서도 나를 불러다 앉혀놓고 어떤 글이 더 나은 글인지 가르쳐줬다. 좋아하지 말라면서 잘해주는 '츤데레'도 아니고, 기자는 하지 말라면서 어떻게 하면 기사를 더 잘 쓸 수 있는지 빨간 펜으로 고쳐가며 가르쳐주는 건 도대체 무슨 심보인지 이해할 수가 없었다.

물론 이제는 그때 그 선배들의 앞뒤가 다른 말과 행동을 완전히 이해한다. 눈을 반짝반짝 빛내는 이십대 청년에게 기꺼이 권하기에, 이 직업은 아무래도 가혹한 구석이 있었으니까. 그것까지 기꺼이 견디라고 선배들은 말할 수 없었던 것이다.

그만두고 싶었던 순간은 아주 많았다. 새벽 네시, '대가리 완전 개빻은 저능아년'으로 시작하는 메일이 왔고, 뒤이어 같은 사람에게 '니 애미 도끼에 대갈통 처맞아 꼭 뒤져버려'로 시작하는 메일이 재차 왔다. 어느 유명인의 성폭행 의혹 기사를 쓴 날이었다. 메일을 확인하고 다시 설핏 잠들었다가 누군가 정말로 도끼를 들고 내 뒤를 쫓아오는 꿈을 꿨다. 땀에 흥건히 젖은 채로 꿈에서 깼다. 너무 많은 말을 했고 너무 많은 오해를 불러일으킨 나머지 정말로 언젠가는 머리가 두 조각으로 갈라질지도 모른다는 생각이 들었다.

막상 기자가 되자 기자들은 좋아할 이유만큼이나 싫어할 이유도 많았다. 나를 포함한 기자란 족속들이 지긋지긋했다. 세상에 기자들만큼 남의 뒷얘기를 좋아하는 사람들도 없었다. 이 바닥에는 조롱이 흥했다. 기자들은 제대로 아는 것은 아무것도 없으면서 모든 걸 알고 있기라도 한 것처럼 오만을 몸에 두르고 사는 인간들이라, 겸손이라는 미덕을 자주 발로 차버렸다. 남이 이룬 값진 성취나 소중한 꿈을 대수롭지 않은 것으로 말하는 버릇들이 있었다. 나는 기자가 아닌 사람들이 기자를 싫어하는 것만큼이나 기자를 싫어했고 그래서 나를 싫어하게 되는 일도 잦았다.

그래도 나는 그만두지 않았다.

A 선배가 사표를 냈다고 했다. 저널리즘의 ㅈ 자도 모르던 내가 밑줄을 쳐가며 읽은 기사 중 많은 것들이 A 선배가 쓴 것이었다. 세상에 대한 울분이 남아 있으면서도 그 울분을 자신을 동정하는 것에만 쓰지 않는 어른, 사람들의 마음을 움직이는 글을 쓸 줄 아는 사람. 그런 A 선배와 한 회사에 근무하게 된 것이 감격스러웠던 나머지, 회식 자리에서 선배들이 "너는 어떤 기자가 되고 싶냐"라고 물었을 때 "제 꿈은 '포스트 A'가 되는 것"이라고 술에 취해 외쳤다. 선배들은 웃었지만 나는 정말로 A 선배처럼 되고 싶었다. 나 스스로 어떤 사람이 되고 싶은지 잘 알지 못할 때 '저 사람처럼 되고 싶다'는 마음만큼이나 일의 강한 원동력이 되어주는 것은 없었다. 그런 A 선배가 기자는 그만하고 싶

고, 대신 좋은 엄마가 되고 싶다고 했다. 나는 A 선배의 퇴사가 많은 사람을, 특히 A 선배처럼 되고 싶었던 많은 여자 후배들을 배신하는 일이라고 생각했다. 어떻게 선배가 기자를 그만두실 수가 있어요? 그럼, 선배를 꿈꾸면서 기자가 된 수많은 후배들은요? 그렇게 되받아치고 싶었다. 하지만 그렇게 말하지 않았다.

기자는 경찰, 검사, 의사를 비롯해 여러 드라마나 영화에서 빠지지 않는 단골 직업 중 하나다. 실제로 그 직업을 가진 많은 사람이 그렇겠지만 나 역시 기자가 등장하는 장면은 썩 즐기지 못한다. 악역으로 등장하든 선한 역으로 등장하든 관계없이, 다른 정체성은 소거되고 오로지 직업적 사명감만 남은 것처럼 행동하는 인물의 과잉된 자의식이 보기 멋쩍기 때문이다. 내가 만나온, 그리고 실제 내가 겪어온 기자들이란 자기 일을 싫어하면서도 좋아하는 이상한 사람들이었다. 직업에 대한 자의식이 과잉될수록 스스로를 낭만화하는 경향도 두드러졌다. 기자는 허점이 많은 직업이었는데, 그 허점을 자부심으로 메꾸려 할수록 피해의식이 자라났다. 나는 분명 정의로운 일을 하고 있는데, 사람들이 그런 나를 이해해주지 않는다는 삐뚤어진 마음이 생기기 쉬웠다. 타인의 인생에 큰 영향을 끼칠 수 있는 직업 종사자에게 필요한 것은 과잉된 자의식보다는 직업인으로서의 책임감이었다. 기자도 마찬가지였다.

A 선배에게 '어떻게 기자를 그만두실 수 있어요?'라고 되묻지 않았던 것도, 선배의 기자로서의 삶만큼이나 평범한 엄마와 아내로서의 삶도 똑같은 가치가 있다는 것을 결국엔 이해했기 때문이다. 이 일을 계속하기 위해 어쩌면 진짜 필요한 건 일을 사랑하는 마음보다는 그저 하루하루 갱신하는 평범한 책임감일지 모른다. 사랑은, 언젠가 배신하거나 상처를 주니까. '기레기'라는 말에 상처받는 것은 이 일을 사랑해서 최선을 다해 기레기이지 않고자 하는 이들이었다. 내게 필요한 건 그저 이 직업이 모순이 많은 직업이자 대의만으로 지속 가능하지 않다는 사실을 아는 것과, 번민하고 괴로워하면서도 가끔 찾아오는 작은 보람과 재미를 호사라고 생각하면서 견디는 것이 전부일지 모른다. 그 사이에서 아슬아슬 저울질하며, 겨우 균형을 잡고 있다. 나는 이제 처음 기자가 됐을 때만큼 선배들을 동경하지 않는다. 다만 그 선배들도 겨우 균형을 잡고 있는 사람들이라는 것을 깨달았기 때문이다. 그걸 깨닫자, 비로소 선배들을 이해할 수 있게 됐다. 이 일을 이해할 수 있게 됐다.

그래서 나는 아직 그만두지 않았다.

넘어지며 자라기

고등학교 1학년, 그 연령대의 여고생들이 흔히 그렇듯 선생님을 동경했다. 나보다 열두 살 많던 국어 선생님은 서울에서 나고 자라 그곳에서 대학을 졸업하고 광주의 한 여고에 부임한 지 얼마 안 된 초임 교사였다. 아침에는 자전거를 타고 등교하고, 점심에는 학교의 실내 농구장에서 혼자 농구를 하고, 억센 말씨의 여고생들 사이에서 매끈한 서울말로 언어영역(그때만 해도 국어영역이 아닌 언어영역이었다) 지문을 읽는 그 남자 선생님을 흠모하지 않긴 어려웠다. 그렇다고 친구들처럼 교무실로 선생님을 찾아갈 만큼 적극적인 학생은 아니었던지라, 그저 수업시간 선생님의 판

서하는 뒤통수를 구경하는 정도로 만족할 뿐이었다.

선생님은 우리가 2학년이 되었을 때 결혼을 하고 3학년이 되었을 때 아빠가 되었다. 거친 여고생들의 농담과 장난에도 늘 평정을 유지했던 선생님은 "선생님 재밌는 얘기 해 주세요"라는 학생들의 요구에 응하는 일이 좀처럼 없었는데, 그날은 어쩐지 자신의 얘기를 들려주었다. 평범한 부모님 아래서 자라 대학도 수월하게 갔고, 직업도 수월하게 얻었다는 약간은 재수없는 과거사로 시작된 그의 이야기는 "그 수월함이 이제는 걱정이다"라는 고백으로 이어졌다.

"사람이 살면서 한 번은 큰 고난을 겪게 된다고 하던데, 난 지금까지 그런 큰 어려움이 없었어. 어릴 때는 운이 좋다고만 생각했지. 그런데 아이가 태어나고 보니 그게 오히려 걱정이야. 결혼하고 아이가 생기기 전에 그런 시련이 닥쳐왔다면 나 혼자 감당하면 됐을 텐데, 이제는 아내와 아이가 함께 그 시련을 겪어야 하겠지. 그래서 자꾸만 소극적으로 행동하게 돼. 혹시 괜히 새로운 일에 도전했다가, 그게 실패로 이어지고, 가족들을 불행하게 만들까봐."

당시 그 얘기를 들었을 땐 선생님이 참으로 쓸데없는 걱정을 한다고 생각했다. 당장 수능이라는 인생에서 가장 커다란 산을 앞두고 있는 고3 수험생 입장에서 수능도, 취업도, 결혼도, 모두 성공적으로 완수한 선생님의 인생은 매끈한 아스팔트 도로를 달리는 자동차처럼 보였다. 그런데 혹시 그 아스팔트 도로를 달리다 중간에 혹시 돌부리를 만나 고꾸라지기라도 할까봐 두렵다는, 특히 동승자가 생겨 그 두려움이 더욱 커졌다는 선생님의 말을 고3 수험생이 공감해주기는 어려웠다. 우리는 당장 산을 넘어야 하는데, 도로를 달리고 있는 사람이 아직 만나지도 않은 돌부리를 걱정하는 것은 참으로 사소하게만 느껴졌다.

그로부터 십수 년이 지났고 나는 이제 그때의 선생님보다 나이를 많이 먹었다. 그리고 이제야 선생님의 불안을 조금은 이해할 수 있게 되었다. 인생은 마치 저글링 같아서, 손에 쥔 것들이 하나둘씩 늘어날수록 이것을 놓치게 될까봐 두려운 마음도 함께 커졌다. 취업이라는 공, 커리어라는 공, 관계라는 공…… 그렇게 감당할 수 없이 많은 공을 손에서 굴리다가 박자를 놓치고, 그러다가 모든 게 와르르 무너지면서 삶이 건잡을 수 없어질까봐 두려웠다. 그래서 다른 공을 기존의 리듬에 끼워 넣는 걸 지레 겁낼 수밖에 없게 되는 것이었다. 어느덧 시니어 딱지가 붙은, 그중에서도 문학 기자로 사 년째 일하고 있었던 나는 안정적으로 저글링을 하고 있는 상태였다. 이미 내게 맞는 리듬을 찾았기에 공을 부리기만 하면 됐다.

그러던 지난여름, 회사 영상팀에서 함께 일해보면 어떻겠느냐는 제안을 받았다. 매체 환경은 급격하게 변화하고 있었다. 많은 사람들이 유튜브 영상을 통해 뉴스를 접했다. 신문사들도 변화하는 독자들의 요구에 맞춰 영상이라는 새로운 화법을 받아들여야 했다. 회사 역시 유익한 뉴스를 보다 다양한 세대의 독자들에게 전달하기 위해 영상 콘텐츠를 준비중이었는데, 이 일을 함께해보자는 것이었다. 말하자면, 새로운 문법을 배울 기회가 내게 찾아온 셈이었다.

그런데 그 기회 앞에서 나는 망설였다. 겨우 찾은 일의 리듬을 잃을까 걱정됐기 때문이다. 기사가 아닌 영상을 만드는 것은 어느 자리에 어느 단어를 쓰면 되는지 알면 됐던 세계에서, 어떤 목소리와 어떤 표정으로 말해야 하는지 알아야 하는 세계로 가는 일이었다. 게다가 유튜브라는 생태계는 전혀 다른 서식 환경을 가진 곳이었다. 바이라인 뒤에 숨을 수도 없었고, 나라는 사람을 온전히 드러내야 했다. 조회 수가 공개되지 않는 기사와 달리 유튜브 영상은 실시간으로 모든 사람에게 조회 수가 공개됐다. 기존에는 하지 않았던 일이라 회사 대내외로 불필요한 주목을 받게 될 것도 뻔했고, 그때마다 그 일에 대해 해명해야 할 것이었다.

그리고 이 모두, 하던 일을 그대로 한다면 겪지 않아도 될 일이었다.

흥미롭고 새롭다는 요인을 제외하면 이 일에 도전하지 않을 이유들은 아주 많아 보였다. 그런데도, 그 일에 따르는 각종 '리스크'를 알면서도 나는 자꾸만 그 일이 궁금했다. 친구에게 이런 혼란을 털어놓았더니, 무척 간명한 답이 돌아왔다.

"그 일이 궁금하다는 건 이미 네가 그걸 원하고 있다는 뜻이야."

"그치만 새로운 일에 도전하는 건 너무 많은 리스크가 따르는데?"

"그 리스크라는 거, 어디 있는 건데? 리스크는 결국 네 마음에 달린 거 아냐? 네가 그걸 리스크라고 생각하지 않는다면 그건 리스크가 아니겠지."

친구의 말처럼 새로운 일에 도전했을 때 발생할 수 있는 온갖 리스크는 결국 내가 그걸 리스크라고 여기기 때문에 리스크가 되는 것이었다. 회사 대내외로 주목을 받게 되는 것도, 일의 성취가 실시간으로 공개되는 것도, 나를 드러내야만 하는 것도, 리스크가 아닌 도전의 다른 말일 수도 있었다. 나는 그 시절 선생님처럼 아직 만나지도 않은 돌부리를 지레 겁내면서 새로운 길로 달려나가기를 주저하고 있는 것인지도 몰랐다. 삶은 결코 내가 알던 박자로만, 익숙한 공으로만 저글링할 수 없었고, 이미 아는 길로만 달릴 수도 없었다. 때로는 새로운 공을 인생의 박자에 끼워 넣어야 하기도 했고, 낯선 길을 택해 가야 하기도 했다. 낯설지만 어쩌면 나를 새로운 세계로 데려다줄 수도 있는 길을 택하는 일. 그게 바로 성장의 다른 모습일지도 몰랐다.

제안에 응할 것인지 말 것인지 답을 주기로 한 전날, 아주 오래전 아빠가 내게 해줬던 말을 떠올렸다. 수능이라는 눈앞의 산을 넘기 하루 전날이었다. 이제 더이상 할 수 있는 게 없어 일찌감치 저녁을 먹고 가방을 싸고 있을 때 아빠가 산책을 제안했다. 아빠는 살면서 내게 말을 걸어 가타부타하는 일이 별로 없었다. 집 앞 공원을 두 바퀴쯤 걸었을 때 아빠가 입을 뗐다.

"아빠는, 살면서 많은 선택들 앞에서 주저하다가 놓친 뒤에야 그게 기회인 걸 깨달았어. 너는 그런 일이 없었으면 좋겠다. 그게 아주 절호의 기회였다는 걸 막상 그때는 잘 모를 수도 있어. 그러니 기회가 네 문을 두드리면, 그게 기회인지 아닌지 헷갈리더라도 망설이지 말고 일단 문을 열어줘."

딱히 수능을 하루 앞둔 딸에게 꼭 필요한 조언이었다는 생각은 들지 않는다. 하지만 그날 아빠가 해준 말은 살면서 어떤 선택 앞에 서게 됐을 때 두고두고 떠올리게 됐다. 할지 말지, 득이 될지 독이 될지, 맞는지 아닌지 고민이 될 때는 일단 하고 보자고 생각했다. 한번 해보지 뭐! 그런 가벼운 마음으로 도전하고 시도했던 일들에서 의외의 교훈을 얻기도 했다. 물론 대개는 '그때 나도 참 무모했지?' 하고 추억할 거리밖에 안 됐다. 하지만 그것도 나쁘지 않았다. 공을 놓칠 수도 있고, 리듬을 잃을 수도 있고, 돌부리에 걸려 넘어질 수도 있을 것이다. 하지만 넘어져봤자, 절룩거리기밖에 더 하겠나.

나는 나를 또다른 곳으로 데려다줄지 모르는 선택 앞에서 아빠의 말과 친구의 말을 떠올렸다. 그리고 이제는 사십대 중반이 되었을 선생님을 떠올렸다. 오랜만에 휴대폰으로 선생님의 메신저 프로필을 찾아보았다. 아마도 십수 년 전에 태어났을, 이제는 중학생이 되었을 남자아이의 얼굴이 프로필 사진으로 걸려 있었다. 지난 세월 동안 선생님은 때로 넘어지기도 절룩거리기도 했을 것이다. 그래도, 아이들은 넘어지면서도 자란다. 아이와 함께 선생님도 자랐을 것이다. 그리고 나 역시, 여전히 넘어지며 자랄 때다. 나는 선배에게 답장을 보냈다.

—선배, 유튜브, 해볼게요!

|에필로그|

살면서 내뱉어본 말 중 가장 끔찍한 게 뭐였는지 누가 묻는다면 망설임 없이 대답할 수 있다. 그런 말들은 대개 누군가를 상처 내려 내뱉어진다. 나는 내 부모를 상처 입히기 위해 그 말을 했다.

"그렇게 살 바엔…… 차라리 객사하는 게 나아."

사백만원을 들여 만든 영화는 바라던 영화제에 입상하지 못했다. 수년간 써온 소설들은 어느 문예지에서도 발표되지 못했다. 연달아 거절의 메일을 받았고 아무 답장 없는 소식을 속절없이 기다렸다. 오랜 시간에 걸쳐 좋아하는 걸 열심히 해온 것 같은데 정작 자기소개서의 공란에 증명할 수 있는 게 하나도 없었다.

매일 똑같은 시간에 기상해 똑같은 자리에 앉아 발전이 없는 글을 썼다. 밤에는 영화를 봤다. 어제와 오늘의 경계가 모호해지는 것을 방지하기 위해 가능한 한 다른 장르를 골랐다. 어제는 멜로, 오늘은 스릴러, 내일은 드라마, 그다음날은 갱스터 영화를. 생사 확인을 위해 부모님이 전화를 걸어와도 들려줄 별다른 소식이 없어 침묵만 지키는 일이 늘어났다.

어느 날 부모님이 수화기 너머로 조심스럽게 물었다. "지금이라도 입사 준비를 하는 건 어때? 아니면 공무원 시험이라도……" 스스로를 괴롭히는 일에 붙들려 있는 내가 안타까워 무엇이라도 대안을 제시해주고 싶었던 것이겠지만, 그때의 내게 공무원 시험을 준비해보라는 제안은 내가 되고 싶은 존재가 될 가능성이 거의 없다는 인정을 대신 해버리는 것에 가까웠다. 어쩌면 나도 너무 잘 알고 있는, 하지만 두려워서 인정하고 싶지 않았던 결론. 그 결론을 순순히 받아들이는 게 자존심이 상한 나머지 마지막으로 빼액 악을 질러본 것이었다. 그 와중에 그냥 죽어버리는 것도 아니고 더 극적인 효과를 위해 '객사'라는 단어를 택해 부모 가슴에 대못을 박는 게, 글로 재주 좀 부린다던 내가 한

짓이었다. 나는 말로 내 부모를 상처 입히고 동시에 내 뺨도 갈겼다.

하지만 결국 '그렇게' 살았어도 (당연히) 죽지 않았다. 죽지 않아서 지금 이렇게 이 글을 쓰고 있다.

*

입사 자기소개서에 "나는 희로애락喜怒哀樂 중에 哀에 가장 마음이 쓰이는 사람"이라고 썼다. 내세울 이력이 변변치 않으니 차라리 솔직해지는 게 낫겠다고 생각했다.

지금보다 어릴 때는 나 자신을 동정하느라 자주 울었다. 내 손으로 망친 것들을 보며, 후회와 두려움과 그리움 때문에 울었다. 때로는 나라는 사람의 시시함을 견디지 못하고 울었다. 막상 일을 시작하자 남 때문에 울 일이 많아졌다. 내가 어찌할 수 없는 타인과 세상의 온갖 일에 연루되는 게 기자의 일이었는데, 그럼에도 내가 바꿀 수 있는 건 많지 않아서, 어찌할 수 없다는 그 무력감 때문에 울었다.

써야 할 것들만 신중하게 공들여 쓸 수 없는 직업이란 걸 알았지만, 그럼에도 송구한 마음은 자주 산화됐다. 쓰는 게 쉬워질수록 동시에 두려워졌다. 두 눈 똑바로 뜨고 세상을 바라보기는 겁이 나서, 질끈 감아버리고 싶은 때가 한두 번이 아니었다. 저마다에겐 절실한 사연인데 기사 가치로 판단하면 아무것도 아니기도 했다. 남의 삶을 그런 이야깃거리로 만들어버린 일이 잦았다.

세계는 믿지 않지만 언어는 믿었다. 그렇지만 한 번도 제대로 가져본 적은 없어서 그걸 권력으로 사용할 생각은 할 수도 없었다. 다만 단어들을 가지런히 배열해본 것만 제대로 말할 수 있게 돼도 좋겠다고 생각했다. 어느 순간에는 그것도 힘에 부쳤고, '사실'을 어떻게 조합해도 결코 '진실'이 될 수가 없다는 것만 늘 깨달아졌다. 차라리 진실이 무용한 세계에 살고 싶었다. "잘 알지도 못하면서." 그 말을 무기처럼 사용하는 사람만은 되지 말자고 생각했다. 그 말은 늘 스스로에게 던지는 질문으로만 사용하자고 생각했다. 잘 알지도 못하면서, 그렇게 써도 돼?

부끄러움에 홀짝이던 날엔 글을 썼다. 소설도 기사도 아닌 것들을. 운문도 산문도 아닌 그냥 문장들을. 엉엉 울고, 눈물 닦고, 왜 울었는지 쓰는 것, 까지가 하나의 과정이었다. 그러고 나면 신기하게도 이 일을 이해할 수 있을 것 같아졌고, 그러다보니 조금씩 나아져왔다. 그러니까 우는(쓰는) 건 어쨌든 이해해보려는 노력이었다. 나를, 타인을, 세계를.

*

'청춘유감'이라는 제목은 편집자의 제안이었다. '유감遺憾입니다만' 할 때의 유감이기도 하지만 '무감'의 반대말로서의 유감有感이라고 했다. 듣고 보니 그 모든 서성거림이 전부 유감한 데서 비롯한 일들이었다. 글을 썼던 건 유감들을 감당하기 위해서였을 것이다. 아니라면 휩쓸려버렸을 것이다. 덕분에 그 시절을 통과해왔다. 모아놓고 보니 기록이 됐다.

다만 견디기 위해 남긴 기록이었으니 누구에게든 보여주게 되리라고 생각하지 않았다. 그런데 그 축축한 글을 양지바른 곳으로 옮겨준 사람들이 있었다. 이름 붙여주고 흩어지지 않게 단단히 묶어주었다. 여기 실린 글을 만졌을 때 보송한 솜털이 조금이라도 느껴진다면, 전부 사려 깊은 편집자가 잘 말려준 덕이다. 덕분에 상처 입히고 미워하는 데 쓰이고 말았을지도 모르는 글이 독자라는 볕을 쬘 수 있게 됐다. 감사하다.

이 따뜻한 볕 아래서 잠시 몸을 누이고 싶다. 마음 가장 안쪽 축축한 곳까지 닿을 수 있도록. 눈물이 바짝 마르도록. 잘 말린 뒤에, 보송한 힘으로 다시 쓰고 싶다.

청춘유감

초판 인쇄 2023년 6월 14일
초판 발행 2023년 6월 28일

지은이 한소범
책임편집 김봉곤 | 편집 이민희
디자인 최윤미 이원경 | 저작권 박지영 형소진 최은진 서연주 오서영
마케팅 정민호 김도윤 한민아 이민경 안남영 김수현 왕지경 황승현 김혜원
브랜딩 함유지 함근아 박민재 김희숙 고보미 정승민
제작 강신은 김동욱 임현식 | 제작처 한영문화사

펴낸곳 (주)문학동네 | 펴낸이 김소영
출판등록 1993년 10월 22일 제2003-000045호
주소 10881 경기도 파주시 회동길 210
전자우편 editor@munhak.com | 대표전화 031) 955-8888 | 팩스 031) 955-8855
문의전화 031) 955-2696(마케팅) 031) 955-2660(편집)

문학동네카페 http://cafe.naver.com/mhdn
인스타그램 @munhakdongne | 트위터 @munhakdongne
북클럽문학동네 http://bookclubmunhak.com

ISBN 978-89-546-9351-6 03810

www.munhak.com